願わくは青のもとにて

まうち えみ
Emi Mauchi

文芸社

願わくは青のもとにて

もくじ

空に帰る　いのち
空に帰される　いのち
生まれてくる　いのち
神様、何のためですか

一九九九年　十二月

「予定日は来年の八月二十一日ですね」

「……」

私を見て察したのか、先生は「おめでとう」とは言わなかった。

「相手の方とどうするか相談して、また来てください」

どうするか………選択は、二つのうちの一つだけだ。

病院の外に出ると、車はカーテンをすべてしめて待っていた。

「どうだった？」気軽に聞く彼。

「うん。七週目だって」彼の目を見て話せない私。

「………おかしいな……」ため息と同時につぶやく彼。

この期におよんで何がおかしいのか。〝自分じゃない〟とでも言いたいのか。

人通りのない道から、車は街中へ出た。

十二月の街は、聖なる光と音で清められてゆく。窓の外はきらきらしていて、道行く人は、心躍らせているように見えた。

私は、ブラウン管のテレビ画面を眺めている気分。車の中が現実で、目に映るものは別世界。

私たちが清められることはない。

息苦しさに耐えられず、先に沈黙を破ったのは私だった。

「どうしようか」

精一杯の一言。思わず、ぎゅっと目を閉じた。質問しておきながら、答えを聞くのが怖い。

「……あさこが決めたらいいよ」

彼は静かに言った。

「……私が決めていいの？」

やっと、彼の顔を見ることができた。

「当たり前じゃないか」

口元が、少し笑っていた。目は、外の光がメガネに反射していて、よく見えない。

それ以上彼を見なかったのは、彼の言葉を信じたからか、彼の心の中を知りたくなかったからか。

十九歳の私はあまりにもバカで、彼に感謝し、やっぱり私は愛されていたんだ、と喜んだ。

私はキリスト教徒ではないから、クリスマスの深い意味はわからない。
でも、十二月二十五日は聖母マリアがキリストを産んだ日。
私は、あらためて命の愛おしさを感じる日のように思えた。

二〇〇〇年　十月

電話で母から、アメリカにいる姉が妊娠二カ月目だと聞いた。

妊娠二カ月前。……私の予定日のはずだった頃だ。母は何も知らない。

母はよく、私に家族の相談をしてくる。私はいつも、それを冷静に聞く。

だけど、今回の相談だけは、胸が痛かった。

姉の彼氏はアメリカの人で、仕事もせず、遊び呆けているようだ。妊婦の姉に暴力をふるい、姉が稼いだお金もギャンブルに使われているとか。母は、とりあえず実家に帰ってきなさいと言ったらしい。父も、帰ってからゆっくり考えろと。

私は両親のことを尊敬している。この人たちは、いざとなればわが身を捨ててでも、娘たちを守るだろう。

でも、私は二人に、私を守らせなかった。

二人の悲しむ顔は見たくなかった。

言葉のないまま母の話を一通り聞き、いつものように何か言わないと、とあせった。

今、姉がどれだけ悩んでつらい思いをしているかは、手にとるようにわかる。だから、子供を産むことができる姉を羨《うらや》ましく思う嫉妬《しっと》は、自分でも気づかないように、心のどこかに隠した。

母は私に、「もえに電話してあげて」と言う。

命の守り方を知らない私が、姉に何を言えるのか。

母と電話で話し始めて、一時間が経っていた。このまま話し続けると、苦しさに耐えられず、墓場まで持っていくつもりの母への秘密をばらしてしまいそうだった。私は「電話してみるよ」と言って、受話器を置いた。

五畳一間の部屋全面に西日が入ってきた。逃げる場所はない。私は窓に背中を向けて椅子に座った。居心地は最悪。牢屋に入ったことはないが、そんな気分だった。

もえに電話をしないといけない。してあげたい。でも、何て言う?

姉の話を聞くだけでも、きっと、また私は苦しくなる。

考えていくうちに、私は自分の中の暗くて冷たい世界に落ちていった。

あの出来事から、私はずっとこの世界に支配されている。ここへ来るとなかなか抜け出せない。脱出する気力すら失ってしまう。本当は、ここに引きこもっていたいのかもしれない。だって、ここから出ようとすると必ず発作が起こるのだ。

母と話していたときから感じていた吐き気が、だんだん強くなってきた。お腹も痛い。私は椅子に座っていることもしんどくなり、床に崩れ落ちた。

真っ暗な世界と現実の間にいるときが、一番ひどい。
私は何も考えず、受話器をとった。
「Ｈｅｌｌｏ……」
これは、私が犯した罪への、神様が与えた罰だ。
ならちょうどいい。
私はずっと、つぐないの場所を探していたのだから。

第一章　陽だまりのとき

1

二〇〇二年　四月

近所の商店街を通り抜けると、十メートル先に、コウを抱いてバスを降りるもえがいた。

「もーえ！　こっちー」

もえは私に気がつき、私はバス停へ走った。

大阪に一人住みついて四年にもなると、第二の故郷《ふるさと》といえる場所ができていた。

私はそこに部屋を借りて、姉のもえと甥のコウを迎えた。

「コォウー、よく来たねぇ」コウの頭をグリグリなでる。

「あーっ、あーっ」だっこ、だっこ、と言っている。

生後十カ月のコウは、私によくなついていた。「あーっ」しか言えないけど、一生懸命話しかけてくれる。電話でも、他の人には反応しないのに、私にだけ何か言っているらしい。

この〝私とだけ〟というのはかなり嬉しい。もえもヤキモチをやくほどだった。

「あさこ、私たちの荷物とどいた？」

「おー、今朝とどいて軽く片付けておいたよ。……あとねぇ、物件見たとき夜だったから気づかなかったんだけど、あの部屋ね、まったく日が入らないのよ」

「ええ〜！　そんな家があるの？」

「あるのよ。まぁ、あの広さでこの家賃だったらしゃーない、贅沢言うな」

アパートは築二十年と真剣にボロい。昼間でも電気をつけないと真っ暗だった。

でも、これから子育てをしていくことを考えると、この場所だけは外せなかった。ここなら、歩いて数分のところに友達の家が何軒もある。何かあればすぐに駆けつけてくれる、心強い仲間だ。

それに、市内だからどこへでも自転車で行けるし何かと便利。この場所で3ＤＫ、月に七万五千円は安かった。

家に着くと、コウは疲れていたのか、すぐに眠ってしまった。

「さて、もえ。家族会議でもしますか」

二人でつくのがやっとの小さいテーブルに、ノートを広げた。

もえが来る前に多少母子制度について調べてみたが、本人が役所に行かないとわかりそうもないことが多く、まぁ、何とかなるさという見切り発車だった。

「生活費とかどうする?」

「そうだねぇ。まず、もえの仕事とコウの保育園を決めないと、何とも言えないよね」

もえの仕事は何とでもなるだろうが、それよりもコウの保育園が決まらないことには、何も前に進まない。

「保育園って、どうやって探したらいいの?」

「区役所行っておいで。近くにあるよ。あと、母子手当てと児童手当てと、ついでに生活保護のことも聞いておいでよ」

母子手当ては全額もらえるとは限らないようだ。生活保護も同様。あきらかに無理だろ! と言いたくなるような厳しい条件がたくさんあった。

「区役所行って、何て言えばいいの?」

「……あのねぇ」しっかりしろよ! と言いたくなった。

口下手なもえが行くよりも、私が行ったほうが話が早いのはわかっている。

お互いそのほうが楽だろう。でも、それではダメ。私の中で、何でもしてあげたいという思いと、もえを自立させないと、という思いが交錯していた。

もえと私は正反対。

もえは、ちっちゃくて遠慮がちで、守ってあげたいタイプ。私は、でかくて積極的で、守ってもらいたいタイプ。まぁ、一概には言えないが。

ゼロから手探りの生活が始まった。でも、実家にあのままいるよりは、もえとコウにとっていいと、私は思っていた。

もえと母は生来ヒステリックなところがあり、もえの帰国後は、いっしょにいるとケンカばかりしていた。

だいたい、夢の国アメリカで暮らしていたもえにとっては、何もない田舎にいること自体が苦痛だったと思う。

家にこもって育児の毎日。それを当たり前のように思われ、誰からもほめられず、自分の価値を見失ってしまってもおかしくはない。私の人生はこのまま終わるのか……。考えるほど、何も手につかなくなっただろう。母が仕事から帰ってきても家は散らかったまま。「一日中、何してたの！」と、ケンカが始まる。

きっと、母はもえの気持ちをわかっていたし、もえも、母へ負担をかけて申し訳ないという気持ちでいっぱいだったと思う。二人とも、本当はすごく優しいから。ただ、心も体もあまりにも疲れていて、相手を思いやる余裕がなかったのだろう。

そしていつしか家族の中の雲行きもあやしくなり、もえとコウは、私と大阪で暮らすことになったのだ。


次の日、私は仕事中にも二人の様子が気になり、もえに電話をかけた。

私はマッサージの仕事をしていて、自分がつくお客さんがいない間は自由だった。

「あっ、もえ？　区役所行ってきた？」

「……うん。行ってきたよ」

「どうだった？」

「……相手が男の人でさぁ、未婚の理由とか、子供の父親のこととか、言いたくないことネチネチ聞かれて。もういいですって帰ってきた」

話を聞いた私は、このまま役所に乗り込みたいほどムカついた。

「でも、そこで踏ん張らないと何にも始まらないよ。頑張れっ。私が役所に電話したときは女の人でね、感じのいい人だったよ。そういう人もいるから、今度は女の人を出してもらうように話してみれば？」

「……はあぁ。わかった」

その夜、私たちは作戦を立てた。

なぜか役所に詳しい友人が、役所には泣きすがれ――つまり、「本当にヤバイんです」というのをアピールした者勝ちだと言っていた。そこで①髪はバサバサで、化粧はしない②よれよれの汚れたシャツとズボンを着ていく③泣きそうになったら、泣いてしまえ、という戦術に決めた。もえは身長百五十センチに、体重四十キロだから、この格好で行けば、かなり貧弱に見えるはずだ。顔立ちがはっきりしていて、目が大きくクマも大きいから、化粧をしないとやつれて見えるのだ。

翌朝、もえは作戦通り役所へ行き、何とか最後まで話をした。

一般的にシングルマザーが認められてきたといっても、現実はまだまだ厳しい。役所に行けば、いやらしい目で根掘り葉掘り事情を聞かれ、嫌味の一つも言われることもある。育児生活の中、精神的な屈辱と面倒くさい手続きに耐えられない人は、援助をあきらめて去っていくのが現状。

これを、本人が甘いとか、弱いとか、自業自得だとか言う人がいる。それを完全に否定するつもりはないが、シングルマザーのあらゆる苦悩は想像をはるかに超えている。それを知らないで、甘い、弱いなど気軽に言わないでほしい。

頼りない男に代わって、女は必死で命を守っているのだ。問題を掘り下げていけば、無責任なセックス、命を粗末に扱う社会、それを教えない教育と、責任はみんなにある。自業自得だなんて簡単に片付けるな、と言いたい。

もえなりに頑張ったかいがあり、何とか母子手当てとして一カ月四万円分を、三カ月ごとにまとめてもらえることになった。生活保護は、家賃五万円以内の家に住んでいることが条件の一つだったので問題外だった。でも、この辺りにそんな物件はまずないと思う。

問題は保育園だった。どの保育園もいっぱいで、しかも大勢の人たちが空き待ちをしているらしい。託児所を調べてみると、月極めで四万円から六万円。時間極めだと、安いところで一時間六百円。料金を聞いてひっくり返りそうになった。

もっと何かいい方法があるはずだと思った。けれど私ももえも、日々の生活だけでも大変だった。そんな中で調べてみてもことごとく期待は裏切られ、時間も体力も精神力もむだに消費される一方。基本的に何があるのかも知らないから調べようがなく、どこに行って聞けばいいのかも、あまりわからなかった。

そんなある日、保育園は役所に行くより直接、園に話を持っていったほうがいいことを知り、もえはコウを連れて、家から自転車で十分のところにある保育園を訪ねた。

すると、コウのあまりの愛らしさに先生たちはメロメロで、相談に乗ってくれたとか。

もえの表現がかなりの親ばかだと思ったが、そりゃそうだろうと思った私も相当なものだ。

先生からの情報によると、子供を持つ親が自宅で他の子供をあずかったり、あずけたりできるシステムが地区の中にあるそうだ。有料だけど、急な用事ができたときなどには助かるとのことだった。利用する、しないは別として、こういうシステムは知っていたほうが安心できる。

けれど、もえは何度も区役所へ行っているが、こんな話は聞いたことがないと言う。もえが区役所へ確かめに行くと、「はいはい、ありますよ」と、パンフレットを出してきたらしい。あるなら初めから出せよっとツッコミたくなるが、役所は常にこちらから聞かないと、何も教えてはくれないようだ。

私たちはこの一週間を振り返り、まずはもえの仕事を先に決めて、その職場近くの託児所にコウをあずけるのがベストな選択であることに気づいた。

面接のときは一時保育であずかってもらうしかない。その場しのぎだけのために払う入会金は痛いが、知らない人に家に来てもらって、コウと二人にさせるシステムを利用するよりは安心だった。コウの安全は、お金に代えられない。

そうと決まると、もえは求人情報誌を買い込み、何件も電話をしていった。しかし、シングルマザーなうえに子供はまだ赤ちゃん。こんなにたくさんの求人広告があるのに、面接してくれるところは一件もなかった。

「……ねぇ。もえさぁ、三年前に少しだけ、大阪で化粧品関係の仕事してたよね？」

私たちは、お互いどこか遠くを見ながら話し始めた。

「……うん。私も今、同じこと考えてた……」

「もえ、すごく気に入られてたよね……」

「うん。実は妊娠中、一度店長から連絡あって、河乃さんならいつでも歓迎するって言われた」

「おおー！　それっ、それだよ。電話してみたら？」私は手をたたいてもえを見た。

「でも、そんなの社交辞令じゃない？　一回辞めてるし……」横目で私を見るもえ。

「出戻りなんて、こっちじゃざらにあるよ。円満に辞めてるんだし、ダメもとで聞いてみれば？」

「マジで……？」もえは横目のまま、目を見開いた。

「まじでっっ！」もえほどではないが、私も目を丸めて返した。

私たちは三秒ほど目を合わせた後、同時にタウンページを開いて番号を調べた。私は左側のページ。もえは右側のページ。

「あった！」

先に見つけたのはもえだった。

もえは電話機の前に座り、一回深呼吸をする。その隣で私はガッツポーズをとり、もえをじっと見ていた。

「あのさ……。恥ずかしいから、どっか行っててくれない？」

「……」

「話しづらいよ……」

「……あっ、そっか」

私は、少し散歩をしようと、コウを連れて外へ出た。けれど、もえが気になり、マンションの周りをウロウロしてすぐに家へ戻った。

「もえ、どうだった？」

「うん。それがさぁ……」

「うん。……ぷっ、もえ、半笑いじゃん」

もえはもったいぶるように間を取った。笑いが押さえきれないのか、かなりぶさいくな顔になっていた。

「明日、店においでって。コウも連れて！」

「ぃやっったあぁ～！」

抱っこしていたコウが、私の大声にびくっとした。

「ぜひ働いてほしいから、私が働きやすいように時間とか決めようって！」

「すっごぉ～い！　もえってそんなにやり手だったの？」

「いや、さぁ……。真面目だけがとりえよ」

「ほおぉ～。ケンキョだねぇ」

やっと、先が見えてきた。

その後、もえは都合をつけやすいよう時間給にしてもらい、コウを店の近くの託児所に月極めであずけることにした。

2

もえとコウが大阪に来てから、私にとって初めての休日。

友達が組んでいる野球チームの試合があったので、三人で応援に行くことにした。

もえは野球が好きだし（私はルールがよくわからない）、この機会に友達ができたらいいなと思った。もえは人見知りが激しいから、一日で打ち解けるのは難しいだろうけど、知り合いくらいになればこの地域でもずっと住みやすくなるだろう。

父親のいないコウにも、男の人に遊んでもらうことは大事だった。最近、コウはキレイなおねぇさんを見ると愛嬌を振りまく。そんなコウに、おねぇさんたちはもちろんノックアウトだ。その光景を見るたびに私たちは、「将来が不安だ……」とつぶやいた。

「さとこちゃーんっ、おっはよぉー」

私はコウを抱いたまま、みんなが集まっている場所に駆けだした。もえは少し恥ずかしそうに、ベビーカーを押しながらゆっくり歩いてくる。

「おはよ〜。やぁ〜んっ、ぼく可愛いねぇ。おめめクリクリしてるぅ。名前何だっけ？」

「コウ。光って書いてコウなの。んで、あっちがもえ」

もえは少し離れたところで会釈をした。

「あれ？　もえちゃんってあさこちゃんの妹だったんだ」

さとこちゃんの旦那の、たっちゃんが言った。

「え、姉ちゃんだよ」

「うっそぉ～、だってあさこちゃんより二まわりも小さいし」

「うわぁ、妹すっげぇ美人！　あさこちゃんと似てないねぇ」

みんなが話に乗り始めた。

「あっ、ホラ、あさこちゃんのお母さんが、あさこちゃんの出生届出すの十年くらい忘れてたって言ってたじゃない」

「えぇーっ！　さとこちゃんまで言うの？」

二十二歳の私が三十代のみんなとつきあっているので、よくこのネタが使われる。確かにちょっと（すごく？）私は中身が年食っているようなので、貫禄もあるし、この仲間にかぎらずどこに行っても、冗談で「免許証見せて」と言われてしまう。

「もう、みんないいって。可愛い子ほどいじめたくなるんでしょ？」

「もえちゃんのお姉ちゃん、あんなこと言ってるよ」

一人がもえに話しかけた。

「もえちゃん、現実逃避《とうひ》のお姉ちゃん持って大変だねぇ」

もう一人も、もえに近寄っていった。

「そーなんです。もう自覚がなくて大変なんですよ」

もえが初めて口を開いた。みんなの輪から少し離れていたはずのもえが、いつの間にかみんなの中心にいて、話し始めている。

「もえまで話にのるな！」

これが私の友達。みんな口は悪いけど、あったかい。特にさとこちゃん夫婦はいつもさりげなく気をきかせて、みんなが笑えるようにしてくれる。

「みんないい人たちだね」

「でしょ？　みーんなこの近所に住んでるよ」

「そうなんだ。はじめはみんなおじさんに見えたんだけど、話してたら違和感なくなってきた」

「もえ、二十七歳でしょ？　あんたにおじさんって言われたらみんなベソかくよ」

私たちは、ベンチで試合を見ながら笑いまくった。

コウはうるさい中でもおかまいなく、私の胸によだれをべったりつけて寝ていた。コウは誰よりも私にいちばんなついていた。コウが自分にくっついてくることが私は嬉しい。

「このあと、さとこちゃんの店で打ち上げあるけど、もえも行く？」

「あー……、行きたいけどコウのご飯の時間だし」

「そっか。コウも疲れてるみたいだし、帰ろうか」

コウはまだ離乳食。私たちのご飯とは別なので、作るのに時間がかかる。たまに面倒になるときは、私たちもいっしょに離乳食を食べていた。

たっちゃんたちの試合も終わって（残念ながら負け試合）、本当はせっかくの休みだし、ビールを飲んでみんなとわいわいやりたかった。けれど、まだ万事が心細いもえとコウをおいて遊ぶなんて薄情なことはできない。私はまだ寝ているコウを連れて帰り、もえは晩ご飯の買出しに行った。家の近くにある二十四時間営業の激安スーパーだ。私たちにとっては大変心強い存在だった。

「ただいま〜。コウ、まだ寝てる？」

「うん。手ぇふいて、パジャマに着替えさせたよ。あの子よく起きないね」

「ねえ、スーパーに面白いものがあったから買ってみたんだけど」

「なに？」

「たぶん果物だと思うんだけど、りんごみたいなヤツ。何ていったかな……」

「えー、なにぃ？」

「えぇっと。確か……むつ！」

「……ぷっ」

私は本気でふきだした。

「むっ、むつぅ？」

確認のため、必死に笑いをこらえた。

「えーっ。なんなの！」

「ひゃははははっ、りんごみたいって、あははは」

もえが真剣な顔で言うので、涙が出るほどおかしかった。

「それ、りんごよ。あははっ、おっ、お腹いたいぃ」声が裏返る。

もえは一瞬恥ずかしそうな顔をしたが、自分のマヌケさに笑い始めた。

「たぶん果物って、あははっ。りんごみたいなのって、どう見てもりんごじゃんっ！」

「でもさ、〝むつ〟って書いてあったら〝むつ〟っていう食べ物だと思うよ〜。色も変わってたし」

「……いひっいひっ。きひゃひゃひゃひゃひゃひゃっっ」

私の背後から、奇妙な笑い声がした。

「コウ、おっきしたのぉ～」

コウがいつの間にか起き上がり、こっちを見て笑っていた。

「コウ、話もわかんないのに大笑いしてるよ～」

そんなコウを見て、私たちはさらに笑った。好きな人が楽しそうに笑っていると、自分まで楽しくなって笑ってしまうようだ。なんか、笑顔の法則みたいだ。

いろいろあるけど、この生活を、もえと二人で頑張っていけそうな気がした。

3

六月。コウが三十九度の熱を出した。

病院に行くにも、コウがぐったりしていてとても自転車に乗れそうにないので、三人でタクシーに乗って行った。

「突発性発疹《ほっしん》かもしれませんね」

「はぁ……」

先生の答えに、もえは絶対に理解していないような声をもらした。

「突発性発疹って何ですか？」私は突っ込んだ。

役所と同じで、病院もきちんと聞かないと、あやふやに流されて終わってしまう。

「離乳期から一歳くらいまでの赤ちゃんに特有の、ウイルス感染による発疹です。三十九度前後の熱が三日ほど続いて、熱が引くと同時に、全身に赤く細かい発疹が現れるんです。熱が高いため、ケイレンや嘔吐、下痢などを起こすこともありますので気をつけてください。まぁ、ほとんどは熱が下がれば元気になるので大丈夫ですよ。発疹の痕《あと》も残らず治りますから」

先生がニコッとしたので、私たちはホッとした。

それからコウの熱は一日で下がり、結局突発性発疹ではなかった。

「今日はコウ、託児所どうするの？」

「うん、元気そうだし、連れていく。私も働かないと、お金ないしね」

「そっか。私、今日早出でさ、仕事六時に終わるから、コウ迎えにいくよ」

いつもはもえの勤務時間に合わせ、十四時から二十一時まであずけている。私は仕事が十四時から二十二時までで、残業があると家に着くのは午前零時を回る。だから託児所がどんなところかなのかよく知らないし、ずっと気になっていた。もえの話によると中が見えないらしいが、初めはその意味もわからなかった。

「コォーウ、今日はあさちゃんが迎えにいくぞっ」

「いっひぃ〜」コウはあごを出して得意げに笑う。

このおかしな笑い方が、私にはたまらなく可愛いかった。

「あさこ、託児所までの地図渡しておくわ」と言って、手書きの地図を渡された。

「う〜わっ、わかりづらいねぇ」

私は、冗談を言いながら地図に書かれた場所を見て、少し気になることがあった。

不安は的中した。

仕事が終わり、地図を見て自転車をこいでいくと、たどり着いたビルはスナックやらキャバクラやらが建ち並ぶ夜の街のど真ん中にあった。表通りはまったくもって健全な街だが、この辺りは一本道を入るとこういった店ばかりが並んでいる。託児所の可愛いカンバンですら、マニアックな風俗のカンバンに見えてしまう。

そこはまさに、水商売に行くお母さんたちが泣く泣く子供をあずける場所だった。

私は、電気もついていない不衛生そうなビルの階段を三階まで上り、インターホンを鳴らした。

「河乃光の迎えに来ましたー」

「あっ、はーい」玄関の鍵があき、先生が出てきた。

「お帰りなさーい。え～っと、コウ君の……」

「母親の妹です」身分証明に、健康保険証を見せた。

「あっ、はーい。ではこちらで少しお待ちください」

玄関の中に入ると、目の前はまた扉になっていた。

先生は自分が入れるだけ扉を開くと、奥に消え、すかさず閉めた。

(……う~ん、あやしさ満点!)

これではどんなところでコウが一日を過ごしているのかわからない。中から聞こえてくるのは、子供たちの泣き声一色。

「お待たせしましたぁー」寝起きの顔をしたコウを抱いて、先生が出てきた。

「あぁ~……」ポケッとしていたコウが、私を見てにやっとした。

「コウー、おまたせぇ。しんどくなかった?」コウへ両手を広げる。

「あ~、あ~」コウは勢いよく私にしがみついてきた。

「先生、コウ、熱大丈夫でした?」

「はい、よく寝ていましたよ。あっ、ササキさん、こんばんは~」

夜の出勤時間なのか、後ろを見ると玄関は人であふれていた。

(よく寝ていましたじゃわかんねーよっ)

あずけられにきた子供たちは、みんなのどが壊れるのではないかと心配に思えるほど、おたけびのように泣いていた。やたらと茶髪やキンキン頭の子が多い。

辛そうな人、軽くあしらう人、怒る人……お母さんたちの表情はさまざまだった。

先生も忙しそうなので、私はさっさと帰ることにした。

帰り道の三分の一は、絶対に子供に見せてはいけない眺めばかり。しかも人ごみの中でタバコを吸う無神経な奴までいる。吐く煙が、自転車に乗っているコウにまともにかかる位置だった。

私は、今のコウの環境を考えていた。本当にこれでいいのか……。

コウもあずけられるときはいつも泣いていると、もえが言っていた。さっきの子供たちみたいに、異常に泣いているのだろうか。みんな、ママと別れるのが悲しいのだと思うけど、あそこまで猛烈に声を上げている様子を思うと、託児所にも問題があるのでは、と勘ぐりたくもなってしまう。でも託児所を変えるといっても、頻繁な環境の変化はコウにとってストレスになるのではないだろうか……。でも、どうせ変えるなら早いほうが、コウの負担は少ないかもしれない……。ハンドルの間に据えられたシートにちょこんと座ったコウの後ろ姿に、私には哀愁が漂って見えた。

「コーォ、お歌うたおうか」私はペダルをこぎながら、コウの耳元までかがんだ。

「らたぁらたぁラタァラタァ～らたぁらたぁラタァラタァ～らたぁらたぁラタァラタァラッ、チョッコランタッ♪」人ごみの中、大声でしかも抑揚をつけてうたう。

「きゃはっ、きゃはっ、いっひぃ～」

「おっ、コーウー、ノッてきたなーっ。ふぅっふ～う」

「ふぅっふ～う」

コウは自転車で走って興奮すると、裏声で「ふぅっふ〜ぅ」と言う。もっと調子が出るとちりんちりんとベルを鳴らすが、さすがにそれは、周りに迷惑なので禁止した。

私は、二十分間歌い続けて帰った。

ちなみに、ママチャリはイスや風除けなどあらゆる装備をしているので、それだけでも重たい。これに子供や荷物が加わり、世の母たちはたくましく鍛えられてゆくのだなと思った。

一週間後、コウはまた熱を出した。

今回は風邪をひいていて、せきも鼻水もひどい。まだ自分で鼻をすすったりかんだりできないから、ぜぇぜぇとすごく苦しそうだった。そして私たちにも見事にうつってしまい、コウの風邪は長引いた。

「もえ、買ってきたよ」

「何かあった?」

「薬局のおばちゃんに聞いたら、これ出してくれたよ」

赤ちゃんの鼻水を吸い取るスポイトというものだった。

私は説明書を読みながら、スポイトをコウの鼻腔に入れて吸い取ってみた。

「……ちょっとしか取れないね」スポイトを覗き込みながらもえが言った。

「うん。鼻水の生産量においついていけないね」

この三日間、コウはまともにご飯を食べていない。機嫌も悪く、泣きつかれて、遠くの一点だけを見るようにボーッとしていた。せめて鼻水だけでも取ってあげられたら、少しは楽になるはずだ。

「でもさ、みんな初めは自分で鼻なんてかめないし、何か方法があるはずじゃない？」

あれこれ考えてみるが何も思いつかない。周りに聞いてもそんな方法は誰も知らなかった。

「みんな、どうしてるのかな」

そのとき、もえの携帯電話が鳴った。もえは電話をとり、「職場から」と一言言うと、そのまま外へ出ていった。

私は、無駄な抵抗だとわかっていても、スポイトでコウの鼻水を吸い取り続けていた。

バタンッ。

もえがスーパーの袋を持って帰ってきた。

「おー、遅かったね。仕事大丈夫だった？　あんたもう三日休んでるもんなー」

「うん。さっきの電話、店長からでね、お店のほうは心配ないって。それでね、コウの様子を話したら、鼻水はストローかチューブで吸い取るんだって。だからストロー買ってきた」

「えっ、ストローでって、口で吸い取るってこと？」

「うん」

「へぇぇ～。なるほど！」

「私、コウの鼻水だったら飲んでもいいわ」

「いやいや、飲まなくてもいいんじゃない」

「昔はね、鼻から直接、口で吸いとったんだって」

「ほおぉ～。……あれ、店長さんって子供いたっけ？」

「姪《めい》っ子の面倒みてたみたいよ」

店長さんは女の人で、三年前に一度だけ会ったことがある。世話好きで、ユニークな人だった。

もえはさっそくストローで鼻水を吸い取り始めた。これが、なかなかよく取れた。コウも、ちょっと気持ちよさそう。

「んんっ！　ティッシュ！」

「どうしたの！」

私はあわててティッシュを取った。

「鼻水が……」

もえはティッシュに吐き出した。

「あんた、さっき飲んでもいいって言ってたじゃんっ」

しかし、結局ストローではきれいに取りきれなかった。もえは直接コウの鼻を口にくわえて鼻水を吸い取り、ティッシュに吐き出していった。その様はともすると「うげっ」と気持ち悪く見えるものかもしれない。でも、なりふりかまわずコウを助けようとするもえの姿は、私に少しの感動を与えた。

（もしかして、「鼻をかむ」って言葉はここからきたのかな）

ひと段落して、コウは呼吸が楽になったのか、すやすやと眠りについた。

「あのさ……。コウの託児所のことなんだけど。環境とか、悪すぎない？　前に迎えにいったときから考えてたんだけど」

「あー、確かに」

私ともえは、同じことを同時に考えていることが多かった。

「私たちが夜型のせいでコウの生活環境自体が良くないんだけど、だからせめて託児所だけでも、環境のいいところ探さない？」

「そうだね。ちょうど月極めの期間ももうすぐ終わるし。店の近くより家の近くで探したほうが、いいところありそうだね」

「うん。私も周りに聞いてみる。口コミがいちばん確かだしね」

早い段階で決断したことは正解だった。新しい託児所に移ったあと、前の託児所付近では何かと事件が多発していた。あのままいれば、どこかで巻き添えにあっていたかもしれない。それに、今回の託児所はきれいで、玄関からプレイルームが見渡せる。先生たちもアットホームな対応をしてくれ、お便り帳にはコウの一日の様子がしっかり面白く書かれていた。いろんな国の子供がいるから、偏見もない。何よりも、コウが楽しそうだった。

4

六月十七日、コウ一歳の誕生日。

「あさこー、ちょっと見てー！」

「……んぁ～？」

朝の八時から、いたわりのない声がした。

昨日は、残業から帰ってきて何だかんだとしていたので、寝たのは朝方四時だった。

ゴツッ。

「っっっったあぁ～！」

急に、コウが寝ている私の上に倒れこんできたのだ。コウの超石頭をあごに食らった。

この攻撃力は半端じゃない。

「いっひぃ～、あー、あー」

頭は痛くないのか、楽しそうに〝あそぼーあそぼー〟と、うったえるように、私の上に乗っかってくる。コウは、まだちゃんと歩くことはできないが、テーブルや壁に手をついて伝い歩きすることはできる。それでもバランスが悪いから、すぐコケルんだけど。

コウの石頭で目が覚めた私は、さっきのもえの言葉を思い出し、コウをだっこして起き上がった。

「おはよー。何を見るの？」

「これ。開けてみて」

テーブルの上に、大きな木の箱がある。開けてみると、バカでかい楕円形の餅とピンクの風呂敷が入っていた。

「うはっ、なんじゃこりゃっ！　コウの頭より大きいよ！　どうしたの？」

「昨日店長がくれたの。なんかね、初誕生日の前に歩き出すと、成人してから家を離れるっていわれていて、赤ちゃんにこれを背負わせてわざと倒れさせる風習があるんだって」

「へぇ～。面白そう。店長にはお世話になりっぱなしだね。何かお礼しないと」

私は興味がわき、冠婚葬祭《かんこんそうさい》の本を開いた。それには、『たちもち』『ちからもち』という慣わしがあって、地方によって餅の使い方が違う、とあった。

「あっ、もえ、何かおもしろいこと書いてあるよ」

「なにー？」

もえは台所でコウのご飯を作りながら聞いていたので、私は大声で読みあげた。

「えーっと……。中国から伝わった風習で、『えらびどり』というものがある。筆記具、そろばん、はさみなどを赤ちゃんの周りに並べて、どれを取るかで将来の職業や才能を占うというもの……だって。やってみようか」

結果、わが道をゆくコウはどれにも興味を示さず、どこかへ行ってしまった。私たちは、もしやこやつ、働かぬ気では！　……はたまた大物になるのか……と思い、後者に期待することにした。

お昼。貧乏な私たちなりに盛大なパーティーを開いた。

フンパツしたのは、一ホール千五百円のいちごケーキ。本当は、「ハム太郎」や「トーマス」、「ハリケンジャー」などのキャラクターケーキを買ってあげたかったが、それは一ホール三千円と、とても手が出せなかった。なにせいちごのケーキを買うだけでも、私たちはしばらく肉と魚を禁止して食費を削り、お金をためなければならなかった。もともと私たちに、おこづかいというものはないからである。

直径十五センチのケーキの真ん中に、ろうそくを一本立てて、電気を消した。

「Ｈａｐｐｙ ｂｉｒｔｈｄａｙ ｔｏ ｙｏｕ ♪」二人で手拍子をしてうたう。

英語ペラペラのもえは、さすがに発音がいい。私もまねしてみた。

「Ｈａｐｐｙ ｂｉｒｔｈｄａｙ ｄｅａｒ コ～ウ～。Ｈａｐｐｙ ｂｉｒｔｈｄａｙ ｔｏ ｙｏｕ♪　おめでとぉ～」

パチパチパチパチ。

「コウ、ふぅ～ってやるのよ、ふぅ～って」私はろうそくを消すまねを、コウに見せた。

「ひゃぁ～っ、ひゃっひゃっ」私の顔がおかしいのか、コウは笑うだけ笑って、やっぱりろうそくは吹けなかった。

「コウ、いくよぉ～」もえはコウの後ろに回り、顔を並べて「ふぅ～」っと、火を消した。

コウは、自分の一歳の誕生パーティーをしているなんてわかっていないと思うが、私たちの異常な盛り上がりにご機嫌さんだった。

私たちはケーキを用意したが、生クリームは脂肪分が多いので、コウにはまだ食べさせられないい。コウの大好物のいちごと、中のスポンジだけをほじくって食べさせた。

「よぉ～しコウ、来年はあさちゃんが、『トーマス』のケーキを買うぞっ」

「ピザとかチキンとかも食べたいよねー」

テーブルの上は、ちょっと豪華なコウの離乳食と、ケーキとジュースのみ。私たちのお昼ご飯は、このケーキだった。

「コウ、今日はいっぱい食べるねぇ、かしこいねぇ」

汚れてもいいように床に新聞紙を敷いて、コウの好きなように食べさせた。

コウは大阪に来てからご飯を食べる量が少なくなり、少しやせた。

赤ちゃん用のテーブル付きのイスにじっと座っていることもできない。いつも時間に追われて、私たちが楽しい食卓を作ることができていなかったせいかもしれない。今日はゆっくり時間をとって、楽しく過ごそうと思った。

ご飯を食べ終わるころ、もえは例のお餅を風呂敷に包み始めた。

「コウー、今日は忙しいなー。次はお餅かつぐよ」

「ねぇ、あさこ、これ私でもすごく重たいんだけど」

コウの右肩と左ワキから餅の入った風呂敷を通し、胸のところで結んだ。とたん、笑いながらテーブルに手をついて立っていたコウが、ふっと真剣な顔になって後ろにすってろんだ。

「ぷっ……。がんばれ、コウ！」

可哀そうだけど、あまりの愛くるしさに笑ってしまう。

「あ～～ん、あ～～ん」コウは仰向けのまま手足をジタバタさせるが、体はビクともしない。

仕方がないので、今度は座らせてかつがせたが、また後ろに倒れた。

「まぁ、倒れさせるのが目的だから、これでいいんじゃない？」

そうもえに言われて、私ははっと本来の意味を思い出した。ついつい親心で、男なら立つんだぁー、と言いそうになっていた。

「しっかし、なんちゅー慣《なら》わしだろうねー。きっと世の赤ちゃんたちはいい迷惑にちがいないよ」

こうして、記念すべきコウの誕生日は終わった。

コウは、標準の一歳の子たちよりも発育が遅い。「あー」しか言えないし、一人で立つこともできない。離乳食もそろそろ完了期のはずなのだが、いまだ中期のメニューだ。離乳食は初期・中期・後期・完了期と段階的に分かれている。体格も小さく、託児所の子供たちを見ればその差は歴然だった。

原因は、私たちに沢山ある。きちんと反省して、コウのペースを尊重しながら、ゆっくり見守っていきたいと思った。

5

「あづい……」

いつも三人川の字で寝ているが、暑さと梅雨時の湿気で川の字はよれよれになっていた。

「うわっ。コウ、汗だくじゃない！」

もえは、枕代わりのアイスノンに巻いていたタオルで、コウの汗をふいた。

コウは、おでこや鼻、体のあちこちに汗疹《あせも》ができていた。神経質なもえは、ただでさえ暑くてイライラしているのに、コウの玉の肌に汗疹が増えるたびにショックを受け、さらにイラついていった。

この部屋には、エアコンも扇風機もない。昼は日が当たらず、少し風が入るのは救いだが、網戸《あみど》が付いていないので蚊《か》も入ってくる。私は、職場から使わなくなった枕用アイスノンを四つもらい、もえと二つずつ分けて、首や背中の下に敷いて寝ていた。でも、私たちのオアシスは、二時間くらいでその効力を失う。コウは、起きたら隣の部屋にいるほど寝ぞうが悪いので、アイスノンを枕にしても意味がなかった。

「あつい……。まだ六月なのに、こんなに暑かったら八月には干からびてるよ。あさこ、せめて扇風機買おうよ……」

「ええいっ、気合じゃ気合っ、気合が足りんっ」

寝るときに気合など入れたら、それこそ眠れない……。

「私たちはいいけど、コウが可哀そうよ。見てよこの汗疹。痕になったらどうするの……」

この蒸し暑い中、コウはスヤスヤと眠っていた。

「そんな過保護に育てるから、最近の子は弱っちくなるんだよっ。クーラーとか扇風機つけて寝たほうが体に悪いっ」

私は、さっきから言っていることがめちゃくちゃだった。

次の日のニュースで、今年の夏は例年以上の猛暑になると、余計なことを言っていた。おかげで、もえはニューキャスターを指さして、私に「ほらっほらっ、ね、ね」と訴えてきた。

私たちは広い商店街をスミからスミまで見回り、やっと見つけた千九百八十円の扇風機を割りカンで一台買った。

扇風機があると、誰でも一度はやってしまうことがある。私は扇風機の前に座り、隣にコウを呼んだ。

「いい、コウ。そこで見てるのよ」

私は、風量の強のボタンを押し、回転している羽に口を近づけて、声を出した。

「あ〜〜〜〜〜〜〜〜〜」声が震えて聞こえる。

「きゃはははははっ」コウは、手をぱちぱちたたいて喜んだ。

「あさこっ、コウに気をつけてね、危ないから」もえが洗濯物を干しながら言った。

「は〜〜〜い」

「ひゃはははははっ」

アイスノンだけの生活に比べれば、扇風機生活は快適だった。しかし三人で一台というのは辛かったし、やっと眠りに入ったと思うと、タイマーが切れてしまう。結局はもう一日中つけっぱなしになってしまった。

「あー、コウ、涼しいねぇー」

私とコウは、たっちゃんの店のエアコン前でうっとりしていた。

「おっ、あさこちゃんおはよぉ。何？　店番してくれるの？」

「あー、いえいえー。涼みに来ただけなので、おかまいなく……」

ここは二階建てで、一階の酒屋はたっちゃんとそのお父ちゃん、二階の居酒屋はさとこちゃんが担当している。住まいは一階の店奥にあった。

「コウ、エアコン欲しいねぇ。もう七月終わるよー」

「えっ！　あさこちゃんの家、エアコンないの？」お酒のケースを運んでいたたっちゃんが、びっくりして手を止めた。

「あー―、ないっすよー」エアコンの風に顔を当てたまま、動かずに言った。

「そこまでしてダイエットしなくても！」

「なんでやねんっ」そのままの体勢でツッコンだ。

「ははは。でも、それムリだろう、よく生きてるな！」

「だってー、買うのもムリだろ～」

「あさこちゃん、あるある、五万であるよ。中古でよかったら」

「あ～五万……ム～リッ」

「大丈夫、俺二万まで落としてくるよ。知り合いだし、処分に困ってるはずだから」

「そんなことできるの？」私は急に力がわいて、振り返った。

「ああ、まかせておけっ」

「……あっ、でも工事費とかかかるし。二万でも分割とか、アリかな」

「ああ、大丈夫だろ」

それから、エアコン代＋工事費の計三万円で、我が家は本物のオアシスになった。本当は、工事費は二万円だったのだが、電気屋のおっちゃんの仏心で一万円にまけてくれたのだ。きっと、おっちゃんは工事に立ち会っていた貧弱なもえとコウを見て、哀れんだのだろう。「よく今まで我慢してたねぇ」と、感心されたらしい。

「ひゃあああ～。エアコンサイコー」

エアコンの斜め下に二人で座り、風に当たってうっとりした。

「でも電気代高いから、寝るときだけつけようね」

「おー。……私たちってさぁ、お金持ってないから、ちょっとした当たり前のこととかでものすごく感動できて、コウもいるし、けっこう幸せだよね」私は、ふと思った。

「……でも、お金は欲しいわ。父上がいつも言ってたよ。世の中カネ！」

……もえと父は現実派だった。

「あーっあーっ☆※◇◎＊～」

「コウが宇宙語話してる……」もえは後ろを向いた。

「コウぅぅ～！　あさこっ、見て見て！」

エアコンにうっとりしている場合ではなかった。

「おおお～！　コウ、たっちしたのぉ」

目の前のコウが、楽しそうに一人で立っていた。私たちは拍手喝采。

「あんあー」

褒められたのが嬉しかったのか、私たちのところに来ようと、コウは一歩左足を踏み出した。

「あー！　歩いた！」大興奮のもえ。

「がんばれ、がんばれコウ」

私はコウを抱きしめたい衝動を抑えて、その場でコウが来るのを待った。

コウは、ヨタつきながらも二歩目の右足を出した。

「〰〰〰」二人とも言葉にならない。

「あ――っ」

コウは早く私たちのところに来たかったのか、勢いよく三歩目を踏み出し、みごとに転んだ。

「よぉ～し、コウ、がんばった！　もえ、赤飯炊いてくれぃっ」すっかり親父気分の私。

もえは転んだコウを抱き上げ、ぎゅっとした。

「コウ、すごーい。あんよできたねぇ」

もえが褒《ほ》めるとコウは喜んで、「ひゃはっ」と自分で自分に拍手した。

それからコウはあっという間によたよたと歩けるようになり、これまで以上に手がかかり、目が離せなくなった。

6

八月。私の職場が、一年のうちで最も忙しくなる季節。

毎日八時間以上、ほぼぶっ通しでマッサージをしていて、体はくたくた……。家へは寝に帰っているだけの状態だったが、ゆっくり寝てはいられなかった。

「んん～……。ん～ん……ぅあああああああ」

（……またか）

時計を見ると午前四時。今日二回目の夜泣き。これが毎日続いていた。私ともえは、体力的に限界間近。特にもえは、精神的にもまいり始めている。これまでは根気強くコウを抱き上げ、歌をうたったり、マッサージをしたりしていた。しかし、もえはもう起き上がらない。布団を頭からかぶり、無視。

私も、イライラは頂点。頼むから、二時間でいいから、続けて眠らせてほしかった。

「あああああ～っ。うあああああ～」

「もおぉっ、いいかげんにしろ、コウッ。もえ、だっこしてあげてよ！」

「ぎああああああああああ」泣くというより、怒鳴り倒している。どちらにもだっこされずにいると、雄たけびはひどくなる一方。コウが壊れてしまうんじゃないかと思うほどだった。

コウが最近、情緒不安定なのはわかっている。けれど、頑張れば頑張るほど悪循環になり、私たちは自己嫌悪におちいった。

コウは、私たちの不調に合わせるかのように、発熱を繰り返した。そして最後には肺炎を起こし、入院してしまった。

「もしもし、もえ？　何か食べたいものある？」

「ううん、食欲ないし、いいや。コウの着替えとおむつだけお願い」

「わかった」

一歳の子供が入院する際には、母親が泊まり込んでつきっきりでいないといけない。もえは六人部屋の、入り口側の小さなベッドにコウといっしょにいた。コウのちっちゃい手は、点滴の針がとれないように板で固定して、その上から包帯でぐるぐる巻きにされている。

私は病院に行くたび、もえが深刻にならないようにバカな話をして笑った。本当は、病院に行きたくなかった。痛々しいコウの姿と、痩せこけたもえを見るのが辛かった。でも、もえがお風呂に入りに家へ帰るときは、私がコウのそばにいないといけない。今いちばん辛い思いをしているのはコウ。そして、いちばん楽なポジションにいるのは私。

もえが仕事を休んだ分のお金の穴埋めは大きい。入院中の食費だけは実費なので、これも痛い。私にできることは、仕事を頑張って、お金を稼ぐことだけだった。

コウは無事退院できたが、すっかり病弱になってしまった。

「ただいまー。あれっコウ、まだ起きてたの。もう十二時回ってるよ」

「だって、全然寝てくれないんだもん。泣いてばっかり」

もえは仏頂面でテレビを見ている。コウは、隣の部屋の布団の上に座り、親指をくちゅくちゅしゃぶりながら、もえの後ろ姿をじーっと見ていた。私が帰ってきても横目でチラッと見るだけで、また、もえをじーっと見る。コウは、吸いダコができるほど指しゃぶりがひどい。口から指をはずすと泣きわめく。

「もう、最近起きるのも遅いし、しっかりしてよ」

もえは、何も言わずにテレビを眺めている。

いく。
「あああ～～ん、あぁーん」コウは、コウを抱いていた私の手をはねのけ布団から出て
私はコウと布団に入り、ふすまを閉める。コウの視界から、もえの姿が消えた。
「コウ、もうねんねしよ」

バンバンバンッ。バンバンッ。

「あぁーん、あぁーん」もえへ訴えるように、ふすまをたたく。

もえの返事はない。

最近コウは、もえが自分の母親であることを認識してきた。今まで以上に母親を必要としている。私では、コウの心をうめることはできなくなっていった。

「……もえ、肩もんであげるから、コウをだっこしてあげて」

「……うん」

コウはもえのひざの上で落ち着き、また親指をくちゅくちゅやり始めた。

私は、もえの肩に手を置いた。

「あんた、またやせた？」

少しの変化でも触れれば感覚でわかる。

「んー、でもやせたり太ったりしてるし」

「太ったりって、もともと細いし、一キロ太っても二キロくらいやせてるでしょ」

「あー、そうかも」

もえの細い肩は、鉄のように硬くなっていた。首も、腕も。コウをだっこしていてこうなったのがよくわかる。精神的にも、体が常に緊張しているんだろう。

「ねぇ、頭痛ひどいんじゃない?」

「うん。薬飲んでる。コウに泣かれると、もう頭にひびいて割れそう……」

「そっか。全身をもんであげたいけど、私もくたくただから、また今度ね」

コウは、夜中の一時すぎにようやくもえといっしょに寝てくれたが、夜泣きが続き、次の朝起きたのは、午前十時だった。この家はまったく陽が入ってこないから、時間もわからず、つい寝すごしてしまう。その上夜寝るのが遅くなれば、もう起きることはない……という感じだ。

7

「もー、あさこ。服脱ぎ散らかすのやめて、洗い物くらいせめて洗濯機の中に入れてよ」

「ああ、まだ着るから置いといて」

「まだ着るんだったら畳んでタンスにしまって。あんたのせいで全然片付かないんだから」

「はいはい。わかったって」

もえはこっちが疲れているときにかぎってヒステリーになる。

「それ、食べ終わったら食器洗ってよ。あんたいっつもそのままでしょ。もう少し家のこと協力してよねっ」

ごはんがのどに詰まりそうだ。

「今遅刻しそうだから、帰ってから洗うよ」

「帰ってからじゃ遅いっ。そう言って洗ったためしないじゃん」

「帰ったらもうあんたが洗ってるからでしょ」

「置いといたらゴキブリが出るの！」

ギャンギャン始まった。コウの泣き声ともえのキンキン声にうんざりする。

ここで私が怒ると収拾がつかなくなるので、いつもは言葉を飲み込んでいたが、だんだん私も言い返すようになっていた。

「あああ～んっ」

コウが、自分にご飯を食べさせていたもえの手を払った。コウは、まだ自分で食べることができない。

「もう、コウッ、ちゃんと食べなさいっ」

もえは思いっきりコウをにらんで、怒鳴った。

「あ――っ」

コウは、テーブルの上のお皿たちを手当たりしだい払い落とした。

「コウッ、いいかげんにして！」

「……ぁぁぁぁああ～～ん。ぅあああああ～ん」

コウは顔を真っ赤にして、マンガみたいに大きな目から大粒の涙をボロボロボロボロとこぼした。

「もう食べなくていい、これ捨てるからね、お腹空いてもないよ」

「ぎゃあああああああ」

お皿を持って立ち去るもえにコウは両手を挙げるが、テーブル付きのイスに座っているのでそれ以上動けない。涙と鼻水で顔はドロドロ。耳まで真っ赤になっている。こんなことが、もう毎日だった。

「もえ、あんたすごい顔してるよ。そんな顔じゃコウも食べたくても食べられないよ」

「……はぁっ」

もえはため息をつくだけで、何も言い返さなかった。


仕事から帰ってくると、マンションの下までコウの泣き声が聞こえた。前までなら、どうしたのかと走って階段を上ったが、今は足が重たい。玄関の扉を開けることにも、覚悟がいる。

部屋の中は、真っ暗だった。

「あー、なんな〜っ、なんな〜っ」

電気をつけると、コウは背中を向けて寝ているもえをバシバシたたいていた。こちらには目もくれない。私は、座りこんで頭を抱えた。キレてしまいそうだ。でも、誰に何を怒ったらいいのか。

時計を見ると、また夜中の一時。ゆっくりご飯を食べて、ゆっくりお風呂に入って、ゆっくり寝たい。そんなことすら、私たちにはままならなくなっていた。

「コウ、おいで」もえの上にへばりつくコウを抱き上げた。

「うあああああ〜ん」まるで、この世の終わりみたいな顔をして泣いている。コウにとっては、この世の終わりなんかより、もえに拒絶されることのほうがショックなのだろう。

私は少しずつ、自分の役目がなくなっていくことを感じていた。それを目の当たりにすると、頭の中が混乱する。自分の中からわき出ようとする感情が何なのか、わからないのだ。悔しさ、悲しさ、辛さ、怒り、どれも違う。そんな言葉で片付けられるほど、簡単じゃない。

でも、今は自分の思いに浸っている場合ではないので、考えるのはやめた。私は横になり、お腹の上にコウを寝かせて、背中を軽くぽん、ぽん、とたたきながら、小さくうたった。

「What your name♪ What your name♪ My name is コ〜ウ〜」

コウは私の胸に耳を当て、親指をくわえた。心臓の音が心地いいのか、これはコウが落ち着くポーズだった。

「Ｈｅｌｌｏ　コ～ウ♪　Ｈｅｌｌｏ　コ～ウ♪　Ｈｅｌｌｏ　Ｈｅｌｌｏ　Ｈｅｌｌｏ」

コウが生まれてから、この歌を何百回うたっただろう。この歌は、コウがもえのお腹にいるときから聞かせていた。そのせいか、コウはこの歌を聴くとたいていは泣きやんで、落ち着いてくれる。そのかわり寝るまでうたい続けないと、「ぅあ～ん」と泣き出し、振り出しに戻るので気が抜けない。優しくうたい続けるのも楽じゃない。

珍しく私の携帯のほうに、実家の母から電話があった。

「どうしたの」

「うん。もえとコウは最近どう？」

（私のことは聞かないのか）

「うん。相変わらずだね」

家の電話には母から頻繁にかかっていた（ほとんどもえと話しているけど）。もえも何かあるたびに、母に電話をしていた。たまにお互いヒステリックになってケンカをすると、そのとばっちりは私にくる。

だから私は、何かあるたびにもえがすぐ母に電話をするのが嫌だった。

「昨日ね、もえから電話があったの。声が震えてたけど、そっち本当に大丈夫なの？」

「もえ、何て言ってたの」

「うん。コウはご飯食べてくれないし、一日中泣かれて頭痛いって。電話しているときも後ろですごい声で泣いてたから、すぐに電話切って、ちゃんと話聞けなかったの」

「……そっか」

「もう少し、家のこと協力してあげてくれない。子育てって休みがなくて、本当に大変なのよ。特にあの子はあさこみたいに友達いないし、自分の気持ち、うまく表現できないでしょ。はけ口がなくて、よけいにイライラしてると思うの。もえはあさこしか頼れる人いないから、あさこ、頼むわよ」

「あー、うん。そうだね」

「子供って、母親の精神状態に敏感だから。コウもそろそろ、母親じゃないとダメになってきてるでしょ。熱もよく出してるみたいだけど、それって寂しいからよ」

延々と、もえとコウの話が続いた。

母の言っていることは正しいし、そんなことは言われなくてもわかっている。だから、何も言えない。ただ、私は子供心に傷ついていた。少しだけでも、私のことも考えてほしかった。

母に自分の存在を無視されて、自分が今どれだけまいっているか、初めて気がついた。私の中から、どろどろとした汚いものが流れ出てくる。誰が見ても、守ってあげたくなるようなもえに、腹が立つ。すぐにスネて、怒って、泣きそうな顔をして、『私は苦労してます。助けてください』と全身で言っている。

もえは弱くてあさこは強い――百人中百人がそう答えるだろう。母親にまでそう思われてしまったら、救いようがない。

私だって、こっちに来てすぐに友達ができたわけじゃない。私の口が達者なのは、それだけの努力をしたからだ。コウも、残酷だ。母親は二人もいらないだろうと、私は父親役を選んだ。

でも、どれだけコウを思っても、コウは離れていく。友達もそうだった。会う約束をしているときに限って、コウが熱を出す。キャンセルすると、「はいはい。いつものことね」と冷たく言われる。そして家に帰っても、コウに必要なのはもえで、私は雑用係を頑張るしかない。やりきれない。

8

仕事が大忙しの夏も終わったころ、私は気が抜けたのか体調を崩してしまった。普段の生活に支障はないが、仕事をしていると目まいがひどく、胃がキリキリして喉も痛み、セキがひどかった。病院に行っても原因不明。ドクターストップがかかり、仕事を辞めざるをえなかった。

生活がかかっているので、すぐに次の仕事を探さなければいけない。でも、また目まいがしたらと思うと、仕事をするのが怖かった。

「あさこ、次の仕事はどうするの」

「うーん。なるべくコウを見られる時間にしたいんだけど」

仕事が怖くてまだ探していないなど、とても言えない。

「あのね、私夜の仕事をしようと思うの」

「水商売?」

「うん。今の仕事だけだと、託児所代引いたら残らないの。しかも十六時から二十一時の間だけ、バイトの募集かけてるみたい。たぶん私が休みがちだから。それだったら、私がその時間に入って、従業員一人入れてもらったほうが、迷惑かからないんじゃないかと思って」

（まあ、いくら店長がいい人でも肩身狭いよな。それでなくても、もえは気にするタイプだし）

「でも、もえが夜家にいないのはコウにとって良くないよ」

「うん……。でもマジでお金ないし。そんなに遅くまではしないから」

お金のことを言われると痛い。あれば養ってあげたいくらいだが、今の私にはとてもそんな甲斐性などない。

「わかった。なるべく協力するよ。託児所の時間を減らせたら、少しはお金も楽になるでしょ」

「ありがとっ。頼むよっ」

コウは、気管支が弱くなっていた。

三人の生活が始まってから、徐々に金銭的な問題は深刻になり、基盤をつくるどころか生活はバラバラだった。私は気ばかり焦って、仕事に対する恐怖心も増していった。もえには言えないが、今月の家賃も払えずにいたのだ。私は、いつ大家さんに請求されるかと、家の外で足音がするたびにビクビクしていた。

友人の徳井さんが独立した。

徳井さんは、私が十九か二十歳のころ勤めていた会社の仲間とよく行った料理屋で板前さんをしていた。私たちは、いつも仕事の話をして飲んでいた。酔った仕舞いには、社会がどうとか日本がどうだとか、知ったかぶって世の中の話なんかして。徳井さんもカウンター越しに参戦して、意気投合していた。

「開店おめでとうございま～す。河乃で～す」

「おお～！　河乃かぁ、わざわざありがとうなー。今、尾崎さんからも電話あったよ」

「うわっ、元気そうでした？」

「ああ、お前は？　最近どうしてたの」

会社を辞めてから、当時の仲間とはあまり会っていなかった。徳井さんとも、半年ぶりの電話だった。

「育児に励んでますよぉ。恥ずかしながら今無職なんです」

「ええっ、お前が？」

徳井さんと出会ったころは、私は今とちがってバリバリのキャリアウーマンだった。

「ははは、まだ二十二歳なんですけど、しおれてしまいました」

「仕事探してるのか」

らしくない私の愚痴は軽く流された。

「探してるんですけど、コレっていうのがなくて」

「じゃあ、次見つかるまででいいから、手伝ってくれないか？」

「えっ、いいんですか！」思いもよらぬ話だった。

「マジ頼むよ。こっちもコレって奴がいなくて困ってたんだ。河乃は考えて仕事するから信頼してるし、俺も助かるんだけど」

「でも、飲食業なんてやったことないんですけど……」

「お前は気が利いて愛想もいいし、メニューさえ覚えてくれたらそのままで充分使えるよ」

また夜型生活になってしまうが、無職のままでいるよりはずっとよかった。

お店は、徳井さんらしいシンプルな造りの高級すし屋だった。まだ二十七歳なのに、この人は血のにじむ努力をしてきたのだろう。でも、それをまったく感じさせない男前だった。こういう難しいことを簡単にしてみせるのが、プロというものだ。徳井さんには三歳の娘さんがいて、同じ親父の立場としても話が合った。仕事に妥協がないので、私もやりがいがある。往復二時間の通勤も苦にならなかった。

「すみません、四ツ橋の交差点までお願いします」

「…………」

おっさんは、返事もしないまま発進させた。タクシーには当たり外れがある。

「あと、すみませんが、四ツ橋の託児所に子供を迎えにいきたいので、少し待っていてもらえませんか？　家は九条のほうなんです」

「……はぁ？　子供？」

「あっ、はい。託児所にあずけているので」

「こんな時間に？　子供を？……ったく……」あきれてブツブツ言っている。

私だって平気であずけているわけじゃない。何の事情も知らない他人からどうしてそんなこと言われなきゃいけないんだろう。いちばん気にしていることを無神経に言われ、無性に腹が立った。

言い返したいけど、逆上されると怖いし、黙るしかない。

「あ、ここです」

おっさんは黙って車を止め、ドアを開けた。

「すぐ戻ってきますので、すみません」

そう言いながら、私が左足を外に出して車を出ようとした途端、おっさんは「おいっ」と言ってドアを閉めようとした。

私は思いきり窓に頭をぶつけ、歯をくいしばった。

「……ったく……」

また何かブツブツ言っているが、私は「すみません」と言ってとりあえずお金を置き、車を出た。

コウを迎えにいくと、コウはぐっすり眠っていた。私と先生は小声で話をして、急いで託児所を出た。

「……あれ？」

待っているはずのタクシーの姿が見当たらない。場所を変えたのかと思い近くを探したが、ただの一台もタクシーは見当たらない。

「……なんでぇ……」

目が潤む。

おっさんは、あきれたのか面倒くさかったのか、もっといい客が来たのかわからないが、去ってしまったのだ。

「……ちょっと…まってよ……」

立ちすくみそうだ。もう終電もない。歩いて二十分の道のりを帰るしかない。

私はコウに風が当たらないように、着ていた上着を脱いで背中にかぶせた。寝ている子供は、岩のように重たい。

タクシーのおっさんの言葉が、頭の中で繰り返される。

ズリ落ちてくるコウを何度も抱き直し、十一月の夜中、私は汗だくになって歩いた。

「……コウ、ごめんね……」

私は、コウをしっかりと抱きしめた。

9

もう二十七歳だというのにアイドル並みに可愛いもえは、夜の店で早くもナンバーワンになっていた。

おかげで、週四回の出勤日には、早くても午前二時ごろの帰りになる。アフター付きだと、朝になることもあった。

夜中だろうがもえが帰ってくるとコウは必ずもえに気づき、目を覚ましてしまう。私の前ではあまり泣かないのに、もえの顔を見ると泣いて抱きつく。

私たちは、いつしかこの生活リズムに慣れてしまったのかもしれない。いや、考えないようにしていたのかも。すべてを「仕方がない」と片付け、コウの思いも、見て見ぬフリだったのかもしれない。

寂しさがピークに達したのか、あるときコウがまたもや肺炎にかかってしまった。

今年二度目の入院。今回は少し長引きそうだった。

もえはお金がかかるからと言って、病院にはコウの食事だけを頼んだ。自分は売店でお弁当を一つ買い、それを一日分の食事にしていた。いったい、私は何をしているんだろう。もっともっと働かないといけないのに、働けるのに、体が動こうとしない。「しっかりしろ」ともえには偉そうなことばかり言って、実際自分は何もしていない。家賃なんて、二カ月分も溜まっている。大家さんに謝りにいかないといけないのに、何も言ってこないのをいいことに、怖くて連絡もせずにいる。何もかもが情けない。

私は病院にもろくに行かず、かといって病院に行かないでいると、罪悪感でいっぱいになるのだった。

家の中は、とても静かだった。いつもコウが泣いていて、もえがキンキン声でわめいていた家。私はいつも、静かなところで一人ゆっくり過ごしたいと願っていた。

しかし、いざそうなると、自分の家じゃないみたいで落ち着かない。

この入院をきっかけに、私ともえの中の何かが壊れてしまった。

コウが退院してからも、もえの思いつめた様子は変わらなかった。家に帰っても、もえはテレビをつけてボーッとしているだけ。

そんなもえに気軽に声をかけるには、普通の三倍のエネルギーが必要だった。

でも、もえは返事をしない。

私は、今までのようには我慢ができなくなっていた。まっすぐ帰るのが憂鬱で、お金もないのに、さとこちゃんの居酒屋に入りびたることが多くなっていった。

「くみちゃん……。どうしたらいいのかねぇ」私は二杯目の発泡酒を飲みながら、友人にからんでいた。

「どうしたのぉ。飲め飲めっ」

くみちゃんは、昔から私の長い話によくつきあってくれた。「私、平凡な主婦やってるから、あさこの話は刺激的な話ばっかりで面白いのよ」と言いながら、いつも真剣に聞いてくれる。「ワイドショーとか昼メロを見てる気分?」と聞くと「そうそう」と言っていた。

でもくみちゃんは、ワイドショーや昼メロを見ながら、あーだこーだと言う女ではない。

黙って、私の話をうなずきながら聞いてくれる。

「仕事から疲れて帰るとさぁ、家の中がどょぉ～んとしてて、はぁって思うの」

私は両手で冷たいグラスを持つと、そこに額を押しつけた。

「コウはずっと泣いてるし、もえは思いつめた顔をして、話しかけても返事をしないし。二人を見てると、こうなったのは全部私のせいのような気がして……。っていうか、私のせいなの。私が、何にもしないから。だから二人を見るのが辛くて、また逃げてるの。でもね、せっかくこうやって飲みにきても、ぜんっぜん気晴らしできないんだ」

私は、目の前にある焼き鳥を一本つまんだ。

「こうして焼き鳥食べてても、私だけおいしいの食べて悪いなって思うの。ビールは我慢して発泡酒だけどぉ、ここでこれを飲むんだったら、その分コウともえに、いいもの食べさせてあげられるじゃないって、もう一人の自分が私に言うの」

出かけるといっても、さとこちゃんの店か、家から徒歩十分以内の場所でないと、落ち着かなかった。だから解放感がない。

「友達とバカな話して笑ってても、笑いながら、家では二人が泣いてるんじゃないかなって。……気晴らしすればするほど、罪悪感でいっぱいになる。だってもえには、バカ話できる友達も、気晴らしできる場所もなくて、毎日毎日頑張るしかないんだよ。私は友達も場所もいっぱいあるのに、その分もっともっともえに何かしてあげたいのに……余裕がないの。情けないでしょ。一番苦しいのはコウともえなのに、私、自分のことばっかり辛い、苦しいって思ってるんだよ。……はぁー。まっすぐ家に帰らない世のオヤジたちも、こんな気持ちなのかなぁ」

私は目の高さまで持ってきた焼き鳥を食べずに取皿に置いて、発泡酒を飲んだ。

「いろんなところで葛藤してるんだね」

そう言って、くみちゃんはタバコをくわえ火をつけた。つられて私もタバコを吸う。

「葛藤はね、いっしょに住み始めたころからあったの。複雑でうまく言えないんだけど。私の中に、母親とはこうあるべきっていうのがあって、それが邪魔するの。自分の欲と完璧な母親像が、頭の中でケンカするんだ」

「何て言ってケンカしてるの？」

「……言い合いしすぎてわからなくなっちゃった。……結局、何が言いたいのかわかんない。すっごくもどかしい気分。もえはずっとこんな気分だったのかな。あいつ口下手で表現力ないから。思ってること言葉にできないの」

「……あさこは自分の話しながらでも、お姉ちゃんのこと考えてるんだね。優しいね」

くみちゃんの「優しいね」という言葉が、胸にグサッと刺さった。

「ちがうよ。そんなんじゃない。もえは私ができなかったことやってて、偉いって思うの。だからこそ応援したい。何でも協力したいって思うの。……でもね、心のどこかで私もえのことを嫉《ねた》んでる。家族の協力があって、子供がいて、母親になって……私が欲しかったもの、全部持ってるから。それだけ羨ましいポジションにいるんだから、もっと頑張れよって、蹴りたくなるんだ。優しいどころか、私、汚いんだよ」

「あのこと、まだ引きずってたんだ」

「……そう。ずぅーるずるずぅーるずる……」

くみちゃんには、三年前の出来事を話していた。

「私さぁ、昔から怖いものなんて何にもなくて、気合と根性でやりたいことには全部挑戦して、乗り越えていったの。それが私の自信になってた。だから、愚痴ばっかり言って何もしない人たちを見ると、バカじゃないの、ぐらいに思ってた。あのときあれだけのことを乗り越えてきたんだから、今回も頑張れる、できるって自分を高めてきたの。今まではね……。なのに、あれだけすごいことをしてきたのに、どうして今できないんだろう。……無力な痛みってヤツ、初めて思い知ったよ」

「……あさこ。それって、あさこが成長した証拠じゃない？」キョトンとした顔でくみちゃんは言った。

「これが成長？……後退じゃないの？」

「だって、私あさこと二年ちょっとのつきあいだけど、昔の話とか聞いてても、あさこって自立してて、誰かに依存するなんて絶対しなかったじゃない。一人で生きていけますって感じで、少しキツイくらいだったもの。それが、今までわからなかった人たちの気持ちが、心の底からわかってあげられるようになったんでしょ。それって、あさこの人としての器が大きくなったってことじゃないかなぁ」

「………」急に褒《ほ》められると、素直に受け取れなかった。

何も言わない私に、くみちゃんは珍しく熱く話し続けた。

「前に本で読んで、あさこに言おうと思ったことがあるんだ。育児ってね、何かと体力勝負じゃない？　三時間おきにミルクあげたり、夜泣きで起きたり、睡眠不足で精神的にまいるでしょ？　だから、女は子供を産むと、子育てに対応できる体になるんだって。あさこはコウ君を産んだわけじゃないから、言ってみれば生身の体で育児してるってわけよね。それって、なかなかできることじゃないし、すごいことなんじゃない。あさこは自分が思ってるより、充分頑張ってるよ」

「……そうなんだ……」首を傾けて言った。

「そうよ」まだうなずかない私に、くみちゃんは言い切った。

これまでは周りに励まされたりアドバイスをされたりしても、育児経験がない人たちには所詮わからないと思い、素直には聞けなかった。そして、そんな自分がまたイヤにもなった。

『お姉さんも○○なんじゃない?』『コウ君のために――』と言われても、そんなことイヤっていうほどわかっているのだ。

だから、私自身を見てくれたくみちゃんの言葉は、正直嬉しかった。おかげでムリヤリにではなく、頑張ろうと、自然に思えた。

今の私に必要なのは自分にムチを打つことではなく、認めてあげることのようだ。

「あっ、おにいさん、おかわりちょーだい」

私は空いたグラスを、近くにいた男前の店員に掲げて言った。

三杯目の発泡酒は、おいしく飲めそうだった。

「ぅあああああ~~ん。ぎあああああああっ」

いつもの目覚ましが鳴った。

「コ~ウ~、毎日へビィな男だねぇ……あんたはっ」

二日酔いで頭が痛いが、昨夜くみちゃんから癒された私は、冗談が言えるくらい気持ちが回復していた。

「おぉーい、もえぇぇ」まだ起きたくないので、布団の中でもえを呼んだ。

返事がない。

「ぎあああああっ」

コウは私の隣の布団の上に座って、一人泣き叫んでいる。

「コウ～、マミィはどこに行ったの」と言いながら、しぶしぶ起き上がった。

「おぉ～い……っと」

隣の部屋に入ると、もえはテーブルにうつむいて、頭を抱えて座っていた。

「あのぉ、コウ君が泣いているんですけど……」もえに近づきながら言った。

「どしたの？」あと一歩のところで、立ち止まってしまった。

もえが、ふるえていた。

私は言葉が出てこない。だって、「大丈夫？」なんて聞いても、大丈夫なわけがない。

私はもえの震えた背中に、手を置いてみた。

「……っっく、……ひっっ……く……」

（なっ、泣いてる！）私の顔がマンガなら、ムンクの叫びになっていただろう。

もえはカヨワイ女だとはいえ、人前で泣きそうにはなってもそう泣いたりはしない。

プライドが高い、というよりも実は芯が強いのだ。しかし、私の後ろではコウが泣きわめき、目の前ではもえが声を殺して泣いている。

（むっ、ムンクになっている場合じゃないぞ！　あさこ！）

私は、もえの背中をさすった。

「……っく……もう、ダメかも……」

「……」

「……昨日、病院行ってきたの」

泣くのを必死にこらえて、頭を抱えたまま、もえは話し始めた。

「育児ノイローゼだって。薬もらって昨日は落ち着いたんだけど、今朝、私、思いっきりコウたたいちゃった……」

「……もえ」さすっていた手が止まった。

「ニュースとかで、自分の子を虐待する親なんて信じられないって、最低だって思ってたのに。私、泣きやまないコウが、本気で憎たらしいって思ったの！　そうしたら、コウのほっぺを思いっきりたたいてた」

私はコウを見た。さっきは暗くて気づかなかった。ここからなら光があたっていて見える。コウのちっちゃなほっぺが赤くなっている。

「……コウ、すごい目で私を見るの。私それ見て、なんてことしたんだろうって……。どうしよう……」

やっぱり……私は自分のことばっかりで、もえの気持ちをまったくわかっていなかった。

　もえがここまで苦しんでいたなんて。

　私は自己嫌悪を断ち切って、どうしたらいいのか考えた。昨日くみちゃんに元気をもらっていなかったら、私だって、今泣いているもえとコウを殴ってしまっていたかもしれない。想像するだけでも恐ろしい。

　私は財布から、心理カウンセラーの友達、さよちゃんの名刺を出して、もえの前に置いた。

「もえ、あんたが心理学とか嫌いなのは知ってるけど、この人は信頼できるから、よかったら電話してごらん。うまく話せなくていいから。あさこの姉ですって言えばだいたいの事情はわかってるし。知らない人だから吐き出せることもあるんじゃない？　私もいつでも聞くし、私に言えないことはカウンセラーとかに言えばいいんだよ」

　もえが顔を上げた。目も、鼻も、真っ赤。

「ここは無料でやってるから、お金のことは気にしないで、気が向いたらかけてみて。私今から仕事だけど、何かあったら必ず電話するんだよ。携帯つながるようにしておくから。……コウ、託児所まで連れていこうか？」

「……大丈夫。今日はいっしょにいる」

本当は、仕事までまだ時間はあったけれど、私が家にいると電話がしづらいだろうと思って、早めに出勤した。

もえはコウを産んだとき、「愛おしい」と言った。

そんなクサイ言葉がもえの口から出てきて、私は感心した。

コウは、産まれたてとは思えぬ美しい姿で登場したという。真っ白な肌にくっきりとした目鼻立ち。もえが抱くと、大きな目をゆっくりパチリ、パチリとさせて、映画『グレムリン』に出てくるモグワイを思い出したと言っていた。

あとで出産直後の写真を見せてもらうと、達成感あふれるもえとコウの後ろに、半目でげっそりした顔の母も写っていた。私は、「なんかこれ、お母さんが出産したみたいじゃない？」と言って、みんなで笑った。

でもその写真は、命を産みだす母と命を育む母という「母」がもつ二つの強さを代表するものだった。

もえはそのとき、三年前の私と同じように、「この子のためなら何だってする」と堅く誓った。なのに実際は何もできないでいる。そのうえコウをたたいてしまった。しかも〝憎たらしい〟と思って。

愛しい人を傷つけてしまうと、まるで自分が汚いものの塊のように思えてしまう。そうなると、その汚れた手では触れられなくなる。愛しければ愛しいほど。傷つけたうえに、今度は汚してしまうから。

もえは乗り越えられるだろうか。

私は、乗り越えられるだろうか。

大切なものを、大切にできる日がくるのだろうか。

第二章　ありのままで

1

マッサージの真髄は「与えること」と「受け取ること」。

どれだけ技術があっても、このどちらかが欠けていれば、その効果は発揮されない。

人には目に見えないパワーがあり、それは、善くも悪くも働く。

だから施術者には相手を想う心、治療者には相手を信じる心が大事。そうすれば、人は触れ合うだけで、驚くほどの治癒的効果を得る。

母の手が良い例だ。幼いころ、お腹が痛くなると母がさすってくれた。ただそれだけなのに痛みは和らぎ、心が安らいだ。

育児の中でスキンシップが欠落すると、子供に発達障害が起こるという研究結果もある。

つまりそれだけ「与え、受け取る」ことは、すくすくと生きてゆくうえで、必要不可欠なことなのだ。とても単純なことだが、私たちは大人になるにつれて、簡単なことを難しくしてしまうクセがつく。

「終了でーす。ありがとうございました」

「ふぁ〜。気持ちよかった〜！　やっぱりアサちゃんうまいよ」

「あら、えらいおおきに。今後もよろしゅう頼みます」横座りで手をついてお辞儀した。

「あははっ、誰それ」

「夜の蝶《ちょう》。蛾《が》かも」

「ははは っ、蝶にしときなよ」

深夜。私は友人のナナちゃん宅で、小銭稼ぎにマッサージをしていた。

「こんなにしてもらって、本当に一万でいいの？」

「こっちこそ！　こんなので一万も払わせて、申し訳ないです」

「そんなことないよ。私、アサちゃんがお店辞めたとき、すごくもったいないって思ったもの。体はもう大丈夫なの？」

ナナちゃんは、私が前にいたマッサージのお店でいっしょに働いていた仲間だった。

「うん、大丈夫だよ。ありがと。あのときは原因不明で、対処のしようがなかったからなぁ」

「そうだねぇ。ホント元気になってよかったよ」

「うん」

「それにしても、小銭稼ぎって、そんなに家大変なの？」

「う〜ん。もえには内緒なんだけどさぁ。家賃が三カ月分溜まってるんだ〜。ははは っ」

「ええっ！　そんなに困ってたの？」

「うん。しかも来月も払える見込みなしっ……。っていうか、これだけ溜め込んで、一カ月分だけ持っていくっていうのもね」私はひとごとみたいに笑って言った。べつに壊れたわけじゃない。お金の話を深刻にすると、相手がしんどくなるからだ。

「アサちゃん、よくお金ないって言ってたけどさ、いつも軽く話してたから、そんなに困ってたなんてわかんなかったよ。大家さん、大丈夫？」

「それが何も言ってこないの。だから家の中にいると、外から足音がするたびにヒヤヒヤするんだよね」

「それじゃ、落ち着くところがないでしょ」

ナナちゃんが聞いてきてくれるので、ついポロポロと弱音を吐いてしまった。

「ぶっちゃけさぁ、この一カ月、私すごくひねくれてたのね。だって悩みが気持ちの問題なら誰かに話して済むこともあるけど、お金だよ。物質。話して何とかなる問題じゃないでしょ。愚痴ってるだけでもヘタに話すと、相手には『金貸して』って聞こえるだろうし。なんかお金の話っていやらしいじゃん。そうしたらどんどん引きこもっちゃって、ひがみっぽくなってさ」

「家族には？」

「絶対に言えない。友達より言えない。親は二人とも体を壊してお金に困ってるのも私は知ってるし、もえにもこれ以上心配かけたくないよ。でもね、もう大丈夫だよ。このあいだ友達に言われたんだ。あさこはどんなことが起きても、絶対に『あきらめる』って言葉を口にしないよねって。普通はあきらめることでも乗り越えて、トラブルの前より後のほうが状況が良くなってたなんてこと、ザラだってさ。これからもあきらめないでほしいって言われたの」

友人のさよちゃんにはもえがお世話になったので、お礼の電話だけするつもりが、私まで元気づけられてしまったのだ。

「乗り越えてきたなんて言われたけど、本当はそんなことないの。カッコつけてただけ。でも思い出したんだ。私、『あきらめる』って言葉キライ。愚痴るだけ愚痴って何もしないなんて、らしくない。カッコ悪くても、私らしく生きたいよ」

「それで出張マッサージ始めたの？」

「当たり。とりあえずね。定職に就かないあたりが、思いと行動が一致してないんだけどね」

「だって子供がいたら、自分の都合だけで決められないでしょ」

「ナナちゃん、するどい！　まぁお金の問題は解決してないけど、引きこもるのやめたら、応援してくれてる人の声が聞こえてきてさ。根拠はないけど、私は大丈夫だって思ったの。大家さんにも、素直に謝りにいくよ」

「アサちゃん、相変わらずいい生き方してるね」

「ありがとっ。あ、ごめんね、もう遅いのにベラベラしゃべっちゃって」

「とんでもない。私が遅くにお願いしたんじゃない。時間あるならゆっくりしていって。ハーブティーいれるよ」

「あれまぁ、お手数かけますぅ」

「よいよい、苦しゅうない」

ナナちゃんに会うのは、お店を辞めて以来だった。私が引きこもりから抜け出した直後にタイミングよく連絡があったのだ。それより前だと、きっと私は電話を取れないでいた。

「はい、どーぞ。ブレンドです。何のブレンドかは聞かないで」

「ははは、んなヤボなこたぁ聞きませんよ」

ハーブティーの香りが心地いい。

そういえば、こんなシチュエーションが前にもあった気がする。誰とだろう。そのときは、確か、コーヒーアロマだった。

「アサちゃん」

「ほぇ？」

なぜかナナちゃんは、正座をして背筋を伸ばしている。

「……これ、使って。返すのはいつでもいいから」

ナナちゃんは、テーブルの下からお金を出してきた。

「このあいだ給料日でね。貯金しようと思って通帳に挟んでて、そのままだったの。こんなのじゃ足りないと思うけど、十五万ある」

「えっ、ごめん。ホント、そんなつもりじゃないんだよ、開き直っただけで。ごめん」

やっぱりお金の話なんて、するもんじゃなかった。開き直りすぎだ。

「ううん、さっきアサちゃんの話聞きながら、ずっと考えてたの。私はアサちゃんに何ができるか。私ね、どんなことにも一生懸命なアサちゃんの生き方が好きなの。みんな妥協しながら生きてるのに、すごいなっていつも思ってた。アサちゃん見てると、私も頑張らないとってパワーが出るんだ」

「でも、こんな大金受け取れないよ」

本当は、目の前にあるものが、のどから手が出そうなほど欲しかった。

「私、アサちゃんにその生き方を達成してほしいの。応援したいの。でも私、何の力もなくて、気の利いたことも言ってあげられないから。露骨だけど、これが唯一私がアサちゃんにできる応援方法だから、借りてちょうだい」

ナナちゃんは頭を下げて、テーブルの上のお金を私に差し出した。

「なっ、ナナちゃん、逆だよ逆。頭下げるの私だよ」

「むむむっ、ではおぬし、これを受け取るのかい」

私はこの口調の意味をよく知っている。話が真剣すぎるときほど、重たくならないようにわざと変な調子で言うのだ。私もよく使ってしまう。

「……では。ありがたく借りさせていただきます。面目ない」

私は深々と頭を下げて受け取った。

「よかったぁ。役に立てると嬉しいよ。返すのはいつでもいいから、それより自分のこと頑張ってね」

ナナちゃんはニカッと笑ってVサインをした。

「ほんっとぉに、ありがと。いつとは言えないけど、早く返せるように頑張るから。ごめんね」

「はーい。謝るのはそれでおしまい」

「はい、おしまい」

私はお金をカバンの中にしまった。

「……ねぇ、ナナちゃん」

「あに?」カップに口をつけたまま返事をした。

「さっきナナちゃん、何の力もないって言ってたけど、私、ナナちゃんの笑顔はたっくさんの人を癒してると思うよ」

「ぶっっ」飲みかけたハーブティーを噴き出してしまった。

「なにっ?　仕返し?　慰め合いは冴えない女のすることだって、誰か言ってたよ」

ナナちゃんはティッシュを取るのに後ろを向いてしまった。

「そんなこと言う女が冴えないんだよ。それに、慰めじゃなくて認めてるんです」

私はもう冷めたハーブティーをすすった。

「ありがとぉ。しかし、受け取ることって難しいね」後ろ向きのまま、ナナちゃんは恥ずかしそうに言った。

私は、「だね」と返事をした。

家から徒歩三分のところに、それはそれは立派なお屋敷がある。他の人の目にはそうは見えないかもしれないが、私には心理的にそう見えてしまうのだ。

なぜなら、このお屋敷の前に立つのは三カ月ぶりで、ここは大家さんのお宅だから。

「っしゃぁっ！」

小声で気合を入れて、インターホンを鳴らした。

「はーい」

（わちゃ～、奥さんだ）

大家さん宅は大家族で、その中で一番権力がありそうなのが、この奥さんだった。

「二〇二号室の河乃です。家賃払いに来ました」

「はいはい、どうぞ」

気合を入れても怖いものは怖い。私は息を止めて扉を開けた。

「失礼します。おはようございます」

（……うっ）

最悪。なんと大家族全員が大集合していた。……いや、素晴らしいことだ。

「わざわざどうもぉ」

大勢の中から、やはり奥さんが前に出てきた。この奥さんは少しキツイ顔立ちをしているので、私は毎回緊張していたのだ。今回は特に怖く見えてしまう。

「これ、すみません、二カ月分なんですけど……」

「はい。すみません、おおきに」

そう言って奥さんは両手でお金を受け取り、帳簿を開いた。

誰も何も言ってこないので、もしや気づいてないのかと思ったが、帳簿を見れば一目瞭然。私は息を飲んだ。

「えーっと。十月と十一月分でよかったかしら」

「はい、遅くなってすみませんでした。残りは来月分といっしょに必ず払いますので、すみません」

「はい、わかりました。僕ちゃんは元気にしてる？」

奥さんは帳簿をつけながら、コウのことを聞いてきた。

「あ、はい。このあいだまで肺炎で入院してたんですけど、もう大丈夫です」

単に「元気です」と答えればいいものの、言い訳みたいに言ってしまった。

「あら。大変だったのねぇ。うちの孫も、赤ちゃんのときは何かと病気したのよ。でも二歳を過ぎて落ち着いたわ。僕ちゃんも今は大変だろうけど、そのくらいになれば大丈夫よ。何かあれば言ってちょうだい」

奥さんは本当に心配そうな顔をして言ってくれた。

「ありがとうございます」

「それで、保育園には入れたの？」

「いや、それが相変わらずで。まだ託児所です」

「そう。託児所っていくらぐらいなの？」

「今は月極めで四万五千円です。でも熱とかで休みがちだから、週極めに変えようかと思って」

「まぁ、そんなに高いの！」

「はい。これでも安いほうなんですよ」

「そうなの〜？……あっ、ちょっと待っててね」

奥さんは、アドレス帳を見て、どこかへ電話をかけ始めた。「マコトくんはどこに行ってるの」というセリフの後は「あら〜、そぉ〜」が続くだけで、何の話かは見えなかった。そして、電話はすぐに切られた。

「河乃さん、良さげな保育園があるんだけど、今は詳しいことわからないのよ」

「あ……はい」

「知人の娘さんも母子家庭でね、そこにあずけてるの。私立だけど区が少し援助してるみたいで、事情によっては減免してくれるみたいよ」

「そうなんですか」

「今の電話の人ね、たぶん一万くらいで見てもらってるって言ってたけど、ちょうど娘さんが家にいなくて詳しいこと聞けなかったの。保育園の連絡先を聞けたらお宅のポストに入れておくわね」

「もう何から何まですみません。本当にありがとうございます」

「いいのよ、あなたとお姉さんも体に気をつけてね。寒くなってきたから」

奥さんの言葉はどれも当たり前のように優しくて、私は自分を恥じた。

思い返せば、奥さんは私がここに来るたびに「調子はどう?」と話かけてくれていた。いや、部屋を借りるときから、いろいろと気遣ってくれていた。なのにお金が払えなくなって、私は勝手に、怖いイメージを作り上げていたのだ。


その後、ポストに『みどり保育園』と書かれたパンフレットが入っていた。奥さんが知人に頼んで、わざわざもらってきてくれたようだ。

結局入園はできなかったが、それより必要だったものを私は得た気がした。

2

カウンター九席と座敷が二十席。お客さんと会話を交わしながら、料理や飲み物に目をやり、スキあらば裏に回って洗い物をやっつける。高校生のとき、私はお菓子が食べられることを理由に茶道クラブに入っていた。そのときに教わった作法が、こんなところで役に立つとは！　と思いながら、私は時計にチラチラと目をやっていた。

のれんの隙間から客席を覗くと、満員のお客さんたちは一向に帰る気配もなく盛り上がっている。こういった空気はけっこう好きで、普段なら私も仕事を楽しんでいるところだが、今日はコウを迎えにいく日だった。迎えの時間はとっくに過ぎている。

「おい、河乃、時間大丈夫か？」徳井さんがのれんから顔を出した。

「ん～はい、終電まであと三十分あるし、それまでいますよ」

「悪いっ、ごめんな」と言って素早く顔を引っ込めた。

三十分後、お客さんは半分になったがまだ注文は続き、このまま帰るには徳井さんが心配だった。見習いの男の子が一人いるが、まだ洗い物すらろくにできないようだ。この世界では、音を立てず素早くキレイに洗えなければ、できるとはいえないらしい。

どうするべきかと考えながらも仕事を続けていると、徳井さんが一服しにこちらへ来た。

「いやぁ～、まいったなコレ」と言いながらも、少し嬉しそうだ。

「まいりましたねぇ。でも忙しいなんて、ありがたいですね」

「そうだな……って、おいっ河乃、時間！」

徳井さんは十一時三十五分の時計を見て驚いた。

「あ、はい、そろそろあがりますね」

「うわぁ、ごめんな気づかなくて。今日迎えの日だろ」

「大丈夫ですよ。それよりすみません、散らかったままで」

厨房は洗い物の山だった。

「そんなのこいつがやるよ」

徳井さんは、隣にいた男の子の背中をバシッとたたいた。

「うっす、俺やっときます」と、頭をペコッと下げる。

「やっときますじゃなくて、もともとお前の仕事なんだよ。いっつも手伝ってもらって、恥を知れ」

バシッッ！

今度は本気で背中をたたいた。

「ぁいってー……」

「ははは。男が情けない声出さないの。じゃあ、頼みました」

「はい、すみません。お疲れさまでした」

「あっ、河乃、裏に巻きずし置いてあるから、持って帰ってくれ」

「え〜！　ありがとうございます。いつの間に巻いたんですか。徳井さんの巻きずし、コウ大好物なんです。喜びます」

「じゃあ今日はもっと喜ぶな。上巻きだぞ」

「ひぇぇ、ありがとうございます！　いつもすみません」

上巻きというのは、一本九百円の巻きずしの上をいく千二百円の代物で、その味は格別。何といっても素晴らしいのは、ネタの一つである徳井さん特製の煮穴子。しっとりとした舌ざわりで、口の中でとろけてゆくほど繊細。なのにその存在感は重厚。しかも他のネタたちとケンカすることなく、すべてが活かし合って一つになっているのだ。酒の肴としても上等な一品である。

そんなことを考えながら電車に揺られていると、あっという間に堺から難波に着いていた。

「四ツ橋の交差点までお願いします」

「四ツ橋の交差点ね」

「あと申し訳ないんですが、四ツ橋の託児所に子供をあずけてるんで、少し待っててもらえますか。家は九条のほうなんです」

「わかりましたー。若いのに大変だねぇ。仕事の帰り？」

「はい。遅くなっちゃって」

今回は当たりのようだ。私は前に嫌な思いをしてから、タクシーに乗るのを避けていた。でも今日は十二時をまわってしまい、タクシーで行くしかなかった。

「お子さんいくつなの？」

「えーっとね、一歳と六カ月かな。姉の子供なんです。母子家庭で、三人暮らしなんですよ」

「へ～、ご両親は？」

「実家、九州の宮崎なんです」

「えっ！　そうなの？　おっちゃんは熊本の人だよ」

「あっ、そうなんですか～？　ご近所ですね！」

「そうかぁ、お姉さんと二人で頑張ってるんだね」

「いろいろあるけど、這いつくばって生きてますよ」

「ああ、いろいろあるよね。おっちゃんにもね、お客さんくらいの子供が二人いるんだ」

「大阪にいるんですか？」

「いや、二年前に嫁と別れてね。三人とも香川に行ったよ。連絡はないし、こっちも合わせる顔なくてねぇ」

「そっか……」

「だからね、いつか会えるときのために、少しでも更生しておこうと思って、この仕事始めたんだ。でもこの業界も厳しくてね」

「不景気ですよね。でも再出発なんて、すごいと思いますよ」

「いやいや、父親らしいこと何もしてやれなかったんだよ。あっ、この辺かな？」

「はい。ここの託児所なんです。すみません、すぐ戻ってきます」

　私はダッシュでコウを迎えにいった。

　コウはこの夜中にまだ起きていて、親友のたけし君と遊んでいた。たけし君はコウより三カ月だけ年下で、ロシアと日本のハーフ。でもコウより一回り以上も大きくて、言葉もしっかりしていた。

私がコウを連れて帰ろうとすると、たけし君は悲しそうな顔で、エレベーターのところまで見送りに来てくれた。なのにコウはバイバイもせず、一人きゃっきゃっと暴れていた。どうやらこれは、たけし君の片思いのようだ。

そして私は、またダッシュで車に戻った。

「すみません、待たせちゃって」

「いえいえ、九条のどの辺？」

「橋渡って、まっすぐ行ったところです」

「あー、あの辺近くにコンビニないでしょ。寄らなくていい？　もう近くだし、メーター止めるよ。お腹空いてるでしょ」

「ありがとうございます。でも大丈夫ですよ」

なんてあったかい人なんだろう。

おっちゃんは車の中ではしゃぎまわるコウにも、快く接してくれた。

「おいくらですか」

メーターを見ると、料金が表示されていなかった。

「いいよ。いつもタクシー代、バカにならないでしょ」

おっちゃんは、どこかでメーターを切っていた。

「いや、ダメですよ。払います！」

私は二千円を出した。

「じゃあそれで、その子に美味しいもの買ってあげて」

「だって、おっちゃんも大変なんでしょ」

「困ったときはお互い様。何かあったら連絡しておいで」

私はおっちゃんから、名刺をもらった。

この話をもえにすると、もえも感動していた。でも話を深めるうちに、名刺をくれたあたりが怪しいという展開にもなった。人の親切を素直に受け取らないのは、自分の身を守るためでもある。世間が物騒だから、いい話はすぐに疑ってかかるクセがついている。守るものがあればなおさらのこと。

でも、それでは何か悲しいなと思った。

私たちは、それからおっちゃんの名刺にお世話になることはなかったが、真相がどうであれ、あのときのおっちゃんの気持ちに心温まったのは確かで、その優しさは信じていた。

3

朝、真っ暗な部屋で目を覚ます。時計を見ると、だいたいいつも午前十時前後。息子のコウはまだぐっすり眠っている。妹のあさこは、寝てたり起きてたり、いたりいなかったり。朝ごはんに食パンを焼いてごそごそしていると、コウが起きて泣いている。ディズニーのビデオをつけておとなしくさせ、その間に朝食の準備。コウはビデオをつけていないと、いい子でご飯を食べてくれない。

朝食が終われば次は洗濯。あさこの脱ぎ散らかした服にはうんざりする。洗濯機を回している間に、汚なすぎる部屋を掃除。でも、そのそばからコウが散らかしていく。

十二時。コウを連れてスーパーで買い物。コウはまだ歩けない。ベビーカーは安物すぎて壊れてしまった。激安スーパーにチャイルドシート付きのカートはない。体重八キロのコウを抱いてカゴを持つ。

外から家に戻れば、もっと外で遊びたいとコウが泣きわめく。私はまた、ビデオをつけておとなしくさせる。その間にお風呂の準備と昼食を作る。私は料理が苦手。

コウとお風呂に入るけど、あさこがいないときや時間がないときは、コウだけ洗って私は頭も洗えない。お風呂から出たら、仕事に行く準備。そして昼食。コウは、またちゃんと食べてくれない。

しまいには泣きわめく。頑張って作ったご飯は台無し。泣き声が頭に響く。

十五時三十分。自転車でコウを託児所まで送って、そのまま出勤。夜の仕事がないときは、二十一時過ぎに迎えにいく。二十二時帰宅。

コウをすぐ寝かせようとするけど、まず寝ない。寝かすことをあきらめて、私は唯一の楽しみのＤＶＤを見ながらご飯を食べようとする。すると、コウが泣く。だっこしても暴れて泣きやまない。何でそこまで泣くのかわからない。イライラする。コウを無視してＤＶＤを見る。コウはさらに泣きわめく。そして、あさこが帰ってくる。

私は一日分のイラつきを吐き出して、あさこに当たる。あさこはうんざりした顔をして家を出ていく。コウは泣きわめく。

これが毎日毎日、毎日繰り返される。頭が痛い。肩が凝りすぎて吐き気がする。気晴らしするお金も、時間も、場所もない。

コウは可愛い。私の、たった一つの宝物だ。コウのためなら、何だってできると思った。

なのに、頑張っても頑張ってもうまくいかない。先が見えない。不安ばかり。コウの泣き声が私を追い込む。

「コウの好きなハンバーグよ。あ～んして」

コウは一人で食べられない。一時期、興味を示して自分で食べようとしたことはあったけど、汚すし時間はかかるし、根気強くつきあうヒマも心の余裕もなかった。コウの好奇心を摘み取ってしまった結果がこれ。

「んあああっ」私の手を払いのける。

私は一呼吸おいて、もう一度チャレンジする。

「ハンバーグ嫌なの？　じゃぁ納豆。コウ納豆大好きよね。あーん」

「んん～」また手を払う。

「コウ、ちゃんと食べなさい」

「……ぅわああああっ」

テーブル上のご飯を払い落とそうとしたコウを私はすかさず止めた。

「コウッ、どうしてそんなことするの！」

「あああああ～ん」

「もういい、食べないんだったら捨てる」

「うあああああ。ああああ～ん」

真っ赤な顔をして、これでもかと泣く。

私はコウを放って、食器を手に台所へ向かった。コウが私を追ってくる。

「あんあ～。あああああ～っ」

私の足を、バシバシたたいてくる。

「うあああああああ」

もう、仕事に行く時間。早く化粧して、髪もキレイにして、着替えて……。

「ぎああああっ」

コウが何を言いたいのか、私にはわからない。

「ぎあああ～んっ。うあああ～」

泣きたいのは私のほうだ。

「あああ～～んああ～んっ」

頭が痛い。

こっちの気も知らないで、泣いてばかり。これ以上どうしろっていうの。

「ぅああ～ん」

「もうっ、いい加減にしなさいっ」

コウが憎たらしい。

バシンッ!

「……っぅっぅうああああああああ」

……コウが、ひどく怯えた目で私を見ている。

悲しい目をされても、怯えられたことはない。

私は、こんなに小さいコウの頬を、思いきりたたいてしまった。……憎しみをこめて。

「……ごっ、ごめん。コウ、ごめん」

「ぅあああ〜〜〜〜んっ」

コウを抱けない。触れない。

一瞬でも、本気でコウを憎たらしいと思った自分が怖い。右の手がふるえる。

(……誰か……助けて……)

連日放送される幼児虐待のニュースを見ては、「どれだけ辛いからって、信じられない。理解できない」と私は言っていた。

そんな気持ちは、わかりたくなかった。

あさこが教えてくれたカウンセラーの根元さよ子さんに電話をした。途中コウが泣き始めて、根元さんの声も聞き取れなくなったので、最後まで話せずに電話を切った。

あさこは仕事から帰ってきても、何も聞いてこない。いつもと変わらず、下手な歌をうたいながらご飯の準備をしている。

コウは珍しく機嫌がいい。久しぶりにコウの泣き声を聞かないで、ご飯が食べられる。

「おっ、もえが食べてるハンバーグ、美味しそぉ」

「うん。スーパーの惣菜。美味しいよ」

「景気よろしいなぁ。あたしゃ今日も玉子様だよ」

私たちの主な蛋白源は、豆腐と卵だった。

「食べる？」

「いらん。もえ食べなよ」

「いや、久しぶりにまともに食べたら気持ち悪くなって。もういらない」

「もえ、それ以上やせるなよ。私がたっちゃんたちに文句言われるんだからね」

「なんて言われるの?」

「あさこちゃん一人でブクブク太って、妹は苦労してるんだろうなぁ、とか」

「あははは、当たってるじゃん。みんなわかってるんだね」

「わかってないない。私はストレス太りなの。ってゆうか、もえが細いだけで私は標準です。ったく、ハンバーグ食べてやるっ」

私は、あさこにいっぱい感謝している。でも、カッとなるとついひどいことを言ってしまったり、しんどいと八つ当たりをしてしまう。あさこが悪いわけじゃないのはわかっていても、そんなときはどうしようもない。あらたまって「ごめん」と言うのも、姉妹だから気持ち悪い。

「あのさ、根元さんに電話したよ」

「……おお! どうだった?」

「……何かいいこと言ってくれてたんだけど、よく覚えてなくて……。うまく説明できない」

私はなぜか、話をするのも聞くのも苦手。だから思ってることをうまく言葉で伝えられなくて、もどかしいことが多々ある。

「ははっ。少しは楽んなった?」あさこは軽く聞く。

「うん。うまく話せないって言ったら、まず話せることからで大丈夫って言われて、しゃべりやすかったよ。根元さんがね、完璧な母親なんていないんだから、子供といっしょに成長すればいいいって。育児の相談でくる人はみんなね、私と同じところで悩んでるんだって。それ聞いたら何か少し安心して」

「へぇ〜。いいこと言うね、さよちゃん、さすが」

「あっ、そうそう。子供ってね、親の鏡なんだって。だから子供が泣いてるときは、親に〝悲しそうだよ。僕も悲しいよ〟ってメッセージを送ってるのかもねって言ってた」

「ああ、わかるそれ。コウがご飯食べないときって、もえ般若《はんにゃ》みたいな顔してるもんね。そりゃコウも御膳ひっくり返すわ」

「ばか。本当に育児って大変なんだから」

「ごめんごめん。まぁ苦しいのはそれだけ真剣な証拠だからさ、あんまり自己嫌悪しないでやんなよ」

　あさこは、リモコンでテレビのチャンネルを変えながら言った。

4

今日の休みは、子守りをすることにした。気休めだが、もえに自分のための時間をあげたかったのだ。

「あさこ、本当に子守り大丈夫？」

「えー、いつもいっしょにいるんだから、大丈夫でしょ」

今日のもえは気合が入っていた。土台がいいうえにヘアメイクが決まると、可愛いなんてもんじゃない。もえには口が裂けても言わないが。

「ねえ、あさこ。変じゃないかな」

「……変じゃないよ」

「ちょっと何、今の間」

「えっ……。いやぁ、あんたいくつだったかなと思って」

「やっぱりヤバイ？」

「いや、イケてるよ。ヤバイのは普段の格好よ」

「あさこに言われたくないよ！」

今、もえが精一杯着飾っている服は、妊娠する前に着ていたものだった。もちろんもえは似合っている。でもそれは、この二年間もえが服を買っていないということで、着飾る楽しみもそんな場所も、なかったのだろうなと思った。

私もずっと服なんて買っていない。でも私の場合は着られたらなんでもいいし、もともとあまり興味がないのだ。でも、もえは昔っから洒落っけたっぷりだった。

「ところで、英会話喫茶ってどこにあるの」

「託児所の近く。いっつもそこ通るたびに、行きたいなぁって思ってたんだよね」

もえは嬉しそう。なんだか私も嬉しい。

「こっちは任せて、ゆっくりしておいでよ」

「うん。掃除もよろしくね」

「あいよ」

コウはお昼寝中で、そのスキにもえは出ていった。もしコウに見られていたら、泣き叫んでもえを離さなかっただろう。もえに「掃除」と言われたので、私は何から手をつけようかと部屋を見渡した。ひっくり返ったおもちゃ箱。散乱した本。脱ぎ散らかした服。洗濯物の山……。

「……うん。ＤＶＤでも見るか」

独り言。一人暮らしをしていたときについたクセで、いまだ抜けない。

ご飯を食べながらＤＶＤを見るのはこの家での私の唯一の楽しみで、しかも昼間っから見られるとなると、なんとも贅沢な気分だった。私は洗濯機を回し、トーストとコーヒーを用意してＤＶＤをつけた。

「ぅぅう～……」コウの小さな声が聞こえた。

「聞こえなぁい」小声で言った。

「ぅあああぁ～ん」コウが起きた。

「コ～ウ～、おっきしたの～？」ＤＶＤを振り払ってコウのもとへ行った。

「ああ～ん、あああ～ん」

「あー、そぉかそぉか。悲しいのー」

コウを抱き上げてあやすが、泣きやまない。

「コウ～、あさこねぇ、今からＤＶＤ見るとこだったんだよ」

「うあああああっ」

「あー、すみません王子様玉子様。はいはい、ビデオにしますよ」

私はしぶしぶＤＶＤを消し、泣く子も黙るディズニーのビデオをつけた。コウは見事に泣きやみ、画面に釘づけ。

「コウ、あんたよく飽きないね。もう何百回って見てるでしょ」

「………」反応なし。

コウはまだ、もえがいないことに気がついていないようだ。

私はコウがおとなしくしている間に、コウの昼ご飯を作った。久しぶりにつくる離乳食で、腕をふるった。メニューは、ポテトグラタンとブロッコリーのサラダにパンとスープ。

「コーウー、まんま食べよっ……か」

台所から部屋を振り返ると、コウが固まった顔で部屋をうろうろしていた。そして玄関まで行き、

「あぁぁぁあああ～んっ」

もえがいないことに気づいたようだ。

「うあああああ～」

ダンダンダンッダンダンダンッ。

玄関の扉をグーでたたくコウ。

「コーウ、大丈夫大丈夫。マミィ、すぐ帰ってくるから」

抱き上げてもコウは暴れ倒して泣きわめいた。こうなっては、さすがのディズニー様でも手に負えない。

「よぉ～し、コウ、あさこと高い高いごっこしよっか」

「ごっこ」と言ってもそれはただひたすら、私が「高い高ぁ～い」と言って、コウを床から天井に持ち上げる行為だった。

コウは、始めは泣いているのか笑っているのかわからなかったが、次第に笑い声だけになっていった。

チャッチャヤッチャヤランチャャッ♪

「もしもし？」

「もしもし、コウ大丈夫？」もえからの電話だった。

「お～、ご心配なく。仲良くたわむれて、今からランチよ。そっちはどう？」

「うん。それがけっこうお客さん多くて。でも、みんな英語話せないみたいだから、店員さんもお客さんも私のところに集まってきてさ、なかなか楽しいよ」

「ほほ～、それはよかった。思う存分、楽しんでおくれ」

英会話喫茶というのは、外国の人がカフェをやっていて、店員さんと英会話ができるというお店。私は行ったことがないので、詳しくは知らない。

もえは、小さいころからなぜか外国や外国の人が好きだった。日本語には弱いくせに、英語はペラペラ。外国が好きなだけではなく、日本が嫌というのもポイント。コウがいなければ、今ごろはアメリカにあのままいただろう。

もえは、海外で暮らすという夢を現実にして、また夢になって、今度はどんどん遠ざかっているのだ。そのあたりも、もえを苦しめている大きな要因だろう。

「ではコウ君、いっただっきま～す」コウの手を合わせて言った。

ポテトを口いっぱいに入れる。

「うまぁ～い」コウが裏声で言った。

コウが初めてしゃべった言葉がこれ。そして、唯一言える言葉がこれ。「ママ」ではないのだ。たぶん私がいつも変な顔と声で、コウに「うまぁ～い」と言っていたので、覚えてしまったのだろう。

今日は腕をふるったかいあって、コウはいい子にして食べてくれている。でも、油断は禁物。集中力のないコウは、後半からが大変なのだ。私は歌をうたったり、「もぐもぐ、ごっくん」という顔の動きをやりながら、何とか全部食べさせた。

そろそろ一服したいところだが、まだ掃除がたくさん残っていた。私は動かないときはビクともしないけど、やり始めると、テキパキと要領よくやっつける。

それでも、子守りをしながらの家事は大変だった。これを、あの不器用なもえが毎日やっているのだ。私は、すごいと思う人はいっぱいいるけど、偉いと思える人はそういない。

もえは、偉い！

「ただいまぁ～」

「あああぁ～んっ」

「あれっ、もう帰ってきたの？」

今の今まで「きゃっきゃ」と遊んでいたコウが、玄関のカチャッという音に反応して、もえの声で泣きながら駆け寄った。やっぱり、ずっと寂しかったのだろうか。

「ゆっくりもしたかったんだけど、コウが気になって。一人で楽しんでたら、コウに悪いなーって思って、あさこもせっかくの休みだし、帰ってきた」

「あっ、わっかるな、ソレ」

「なんであさこにわかるの」

……さっき思った〝偉い〟は撤回。

気晴らしって難しい。うまく切り替えないと、余計にストレスが溜まるだけだ。でも、私は楽しそうなもえを見て嬉しかったし、悪いなんて全然思わなくていいのにと思った。

もえは英会話喫茶での話を始めた。私は、知らない世界の話が新鮮で、聞いているだけで楽しかった。

そしてコウも、なぜか笑っていた。

5

二〇〇三年　一月　元旦

私は前に勤めていたお店のマッサージ仲間と、ナナちゃん宅で飲んで飲んで呑みまくっていた。

酔っ払って帰っても怒る人はいないし、二日酔いになっても、コウの泣き声に頭を痛めることはない。もえとコウは、正月の間実家に帰っているのだ。私は、自由なのだ。

「朝から日本酒飲んでダラダラするなんて、最高の贅沢よねぇ」私は幸せを噛みしめる。

「アサちゃん強すぎ！　ずっと日本酒じゃんっ」かわいいナナちゃんはカクテル派。

「これでも弱くなったんだよ。十代のころなんて一升飲んでも二日酔いなかったもん」

「昔から男前だったんだ～」ワイン派の優雅なツカちゃん。

年明けを一人で過ごさなくなったのはいつからだろう。

「ねぇ、アサちゃんは今仕事何してるの？」

「わぁおっ、ツカちゃん、目ぇ覚める質問だね」

「えっ、そうなの？」

「一応いろいろ働いてるけど、腰掛けなの。極貧で、正月にお酒飲めるなんて思わなかったくらいよ。ありがたや」

大晦日まで徳井さんのお店は大忙しだったので、手伝ったお礼にと一升瓶で日本酒をもらったのだ。

「アサちゃんにはお金がなくても、友情があるもんね」

「ナナちゃん、いいこと言うね。見て、このダウン。十二月に上着も着ないで友達の家に行ったらさ、これあげるから着て帰れって言われて。哀れんでくれた」

「コート持ってなかったの？」

「コートどころか、私三着の服着回してるんだ～」

「ええ～！　アサちゃん、何でもいいんだったらいらない服あげるよ。持って帰る？」

「あ、私もある。衣替えのとき整理してたら、けっこう出てきて困ってたんだ」

「マジですか。いるいる！　もらう。ありがとぉ。思いがけないお年玉だわ」

「私のほうこそ、処分に困ってたし助かるよ。いらない服でごめんね」

「とんでもない。二人が持ってる服だったら、絶対可愛いもの」

私は左手で一升瓶を持ち、空いたグラスにそのまま注いだ。

「あとね、アサちゃん。どうして仕事を聞いたかというと……」

「うん」

「二月に一人、お店を辞める子がいるの。しかも朝の八時から夕方四時まで勤務の子」

「ええーっ、そんな、おいしい時間が空くの」

「そう。だからアサちゃんどうかなーっと思って。ね」

ツカちゃんはナナちゃんに話をふった。

「またアサちゃんと仕事したいしさ。楽しそうじゃない」

「わあぁ……楽しそうだね。しかもおいしい話。でも一回辞めてるしな」

「うちの店、出戻りの人なんていっぱいいるよ。それにアサちゃんなら歓迎されるって」

どこかで聞いたことのあるセリフだった。

「そっかぁ、そうだね、うん、わかった」

「やったぁー」二人は私以上に喜んでくれた。

私たちは、グラスに入ったお酒を飲み干してビールを注ぎ、あらためて乾杯をした。

それからはバカな話で盛り上がったり、どうでもいい話をダラダラしたり、笑いは絶えない。私は、そんな友達がとても大事だと思った。

　今年の抱負は、実りの年。


　正月二日目。二日酔いで予定なし。気持ちが悪いので静かなのは助かるが、お水を持ってきてくれる人はほしいな、と思った。

　チャッチャッチャランチャッ♪チャンチャララ～チャンチャララ～

「はいはいはい、出ますよ出ます」

　布団から三回這ったところで電話が鳴った。実家の母からだった。

「はい……」ガラついた声。

　酒ヤケだとばれてしまう。風邪とでも言おうか。

「あら。あんた寝てたの？　もうお昼よ」

「はい。正月ですから。……明けましておめでとうございます。今年もよろしくお願いします」

「あらあら、おめでとうございます。こちらこそお願いします」

「昨日電話出なかったけど、どこか行ってたの？」

「ああ、我が家の王子様を連れて初詣よ。ちょっとあんた、コウ痩せたんじゃない？

もうそんな空気の悪いところで大丈夫かねぇ。もえから聞いたけど、そっちは昼でも電気つけてるって？　日が当たらないと、菌がうようよしてるんじゃない」

今、その部屋にいるのにそんなこと言わないでくれ。

「こっちはいいわよ。自然がいっぱいで家の中も日が入って明るいし。コウは田舎でのびのびと育てたほうがいいんじゃないかしら。もえもコウも見すぼらしくなって。こっちに帰ってくればいいのよ。そうよ、あんたも帰っておいで」

……出た。一人で盛り上がって、勝手に決めるいつものパターン。何かというと私まででいっしょにする。

「そっちにいても、まともな生活できないんだから、帰ってきなさい。お母さんたちはあんたたちに仕送りするお金なんてないからね」

そうそう、一言もお金の催促なんてしていないのに、必ず言ってくる。

「とにかく、コウのことをいちばんに考えなさいよ」

水を持ってきてくれる人はいないのに、うるさく言う人はいた。

「うん。わかってるよ。もえいる？　代わって」

母はまだ何か言い足りなさそうな感じで、もえと代わった。

「はいはーい。あけおめ」

「あけおめ。……って古いよ。もえ、母に余計なこと言うなよ」

「言ってないよ」

「もえ、なんかもぐもぐしてない？　あんた」

「お寿司食べてる。にぎり」

「よかったねー。たんと食べてくるんだよ」

「うん。あさこ、こっち最高。私ずーっとゴロゴロしてるから。家のことは何にもやらなくていいし、ジジとババが孫にメロメロで子守りしてくれるし」

「田舎帰る？」

「ムリ。たまに帰ってくるからいいんでしょ」

「ふーん。まぁしっかりゴロゴロしておいで。今二日酔いで死にかけてるから切るね。母に言うなよ」

「はいよ」

「じゃっ」

　複雑な気分だった。でも何が複雑なのかわからなくて、頭を使うと酔いが回るし、寝ることにした。起きたときには忘れていたから、きっと大したことではなかったのだ。

正月三日目。今日は朝から仕事だった。といっても、出張マッサージ一件だけ。しかもお客はさよちゃんで、いろんなことを教えてくれて面白かった。

『子供は親を選べない』というが、本当は、子供が親を選んで来ているとか。そうなると『親は子供を選べない』のほうが正しくなる。

そういった類の話は前にも聞いたことがあった。そのときは、都合のいい話だなー、と思っていた。話してくれる人にもよるのだろうか。さよちゃんに言われたときは、ふぅ〜ん、くらいは思った。

その話のせいで、爆笑できるビデオを借りにいったのに、子供心を描いた映画を借りてしまった。家に帰って気づいたが、フランス映画だった。嫌いではないが、物足りないような。二本借りておけばよかったと、後悔した。

映画の内容は、小学生の男の子が天使になるために、空を飛ぶ猛特訓をするというもの。

なぜ、そんなに天使になりたいのかはわからない。男の子の家族は、バラバラになりかけていた。男の子がもっと幼かったころは、みんな仲が良かった。男の子はよく、お父さんに空高く持ち上げてもらい、宙に舞い、受け止めてもらっては楽しんでいた。しかし、いつしかお父さんは体調が悪くなり、性格も悪くなる一方。夫婦仲も親子仲も最悪。本気で天使に就職希望する息子に、頭を痛める親。

平淡な調子で話が進んでゆくので、私はぼけ～っと眺めていただけで、実際はきちんと見ていなかった。だから、詳しい内容はよく覚えていない。なのに、男の子の最後の言葉に、私は静かに感動した。その言葉だけで、ストーリーの意味が全てわかったような。男の子の言葉は、

「ああ、そうだ。僕は天使になりたかったわけじゃない。僕はただもう一度、こうやってパパに、空高く舞い上げてほしかったんだ」

病気でやせ細った父親が、昔のように、息子を空高く舞い上げているシーンだった。

第三章

マリアと娼婦

1

一九九九年　十二月

いつまでもケジメをつけられない私に、判決が下った。

赤い、二本の線。

私は説明書を何度も読み返した。けど、何度読んだって結果は変わらない。陽性だ。

あの人は何て言うのだろう。想像がつかない。

泥沼の関係から、やっと抜け出せそうだった。私は、前を向いて歩き始めたはずだった。

でもやっぱり、心のどこかで少し、何かを期待していたのかもしれない。この判定結果に、私は絶望よりも喜びを感じている。ただその気持ちが不謹慎だとわかっている分、素直にはなれなかった。

嬉しい。喜んではダメ。私の中で、しだいに妊娠をしたことに対する罪悪感が募っていった。

二週間ぶりの電話だった。最後に彼に会ったのは、一カ月以上前になる。

「おー！　あさこ。久しぶりだな。どうした？」機嫌がよさそうな彼。

「うん。……妊娠したみたい」

「……病院行ったのか？」ほんの少しの、私だからわかる間があった。

「行ってない。検査薬で陽性だったの」

「……そうか。とりあえず病院に行こう。五時ごろ迎えにいくよ」

「わかった」

味気のない会話。現実を見るのが怖いほど、私たちは冷静になる。

彼はきっと妊娠なんて信じていない。理由は私にある。私は今まで、本気で死ぬ勇気もないくせに、自殺の真似事を二回もしていた。

一回目は、彼は慌てて家に来てくれた。けど、私の口に指を突っ込み薬を吐かせると、あきれた顔をして、何も言わず帰っていった。そして二回目は電話にも出てもらえなかった。私はあまりの気持ち悪さに自分で救急車を呼び、一人むなしく病院から家に帰ってきた。

だから今回も、突拍子もないことばかりする私に、「またか……」と思っているくらいにちがいない。

確かに、二回目は彼の気を引きたい、会いたい、というだけのバカな行為だった。でも、あの薬を初めて飲んだ瞬間、私は、もういい、充分やった、と本当に人生を終わりにしたかったのだ。けれど薬が回ってくると、誰にも知られずに死んでゆくのがあまりに寂しくなった。彼に電話をしたのは、最後に彼の声が聞きたかったからなのか、「あなたのせいよ」と彼に復讐したかったからなのか、もう覚えていない。生きている意味もわからず、今はただ、侘しく存在しているだけだった。

彼に連れてこられた病院は、家から車で二十分も離れた場所だった。電車もバスも近くに通っていなくて、次に一人で来るには大変そう。

でも、仕方がなかった。彼は一家を背負って小さなエステ会社を経営している。私はそこの元社員。こんなことが地域にばれてしまったら、会社の信用はすぐになくなってしまう。

「河乃朝子さぁん、どーぞー」

受付の人のラフな呼び方に少し気が抜ける。

「失礼します……」と、私は診察室に入って不安になった。

茶髪に厚化粧とミニスカートの看護師さんが三人。その三人がペチャクチャとしゃべっているのに注意しない医者。一歩入って立ち止まったが、引き返すわけにもいかず、そのまま椅子に座った。先生は私の問診表を見ている。

「えーっと。市販の検査薬で陽性と。何か症状はありますか？」

「はい。二週間ほど前から頭の中が熱いんですけど、背中はぞくぞくして、寒気がするんです。あと食欲が異常にあって、どれだけ食べても満腹感がなくて」

「ああ、どれも妊娠の兆候と一致しますねぇ。市販の検査薬も最近のはかなり正確ですから、妊娠は間違いないと思いますよ。一応内診してみますか」

「あっ、はい。お願いします」

徐々に、いろんなことがリアルに思えてきた。結果はわかっていても、真実を知るのにはもう少し心の準備が欲しかった。

でも先生はこちらの心境などおかまいなしに口を開いた。

「妊娠七週目ですね。ここです。わかりますか」

コンピュータのモニターに、私の子宮の中の映像が映っていた。

その中に、小さな、命の姿が見える。なんだか妙に、お腹がくすぐったい。

「順調にいけば、予定日は二〇〇〇年の八月二十一日ごろですよ。相手の方とどうするか相談して、また来てください」

私は必死に感動を抑えた。そうしないと、あの人の答えがＮＯだった場合、ショックに耐えられそうにない。

待合室に戻ると、大きなお腹をした妊婦さんが一人座っていた。彼女はとても穏やかな顔をしている。私はいったい、今、どんな顔をしているんだろう。


「どうだった」

車で待っていた彼は、他人事《ひとごと》のように笑顔で聞いてきた。

「うん。七週目だって」

「……そうか。……おかしいな。そんなヘマするはずないのに」

（ヘマ……か）

帰りの車の中、息苦しい無言が続いた。

私はクリスマスに向けて彩られた街を、テレビ画面のように、ぼーっと見ていた。この沈黙が破れるとき、これまでの二人の関係が何だったのかがハッキリする。

私たちは、ルールがいる恋愛をしていた。それがたとえ悪夢でも、夢なら見ていたかった。

でも、ルールを守れなかった私たちは、もう目を覚まさないといけない。

「どうしようか……」

私からさりげなく沈黙を破る。心臓は爆発寸前だった。二人とも前を向いていて、お互いの顔は見られない。

「あさこが決めたらいいよ」


胸が、熱くなった。

「私が決めていいの？」

それはつまり、産んでもいいということだ。

「あたりまえじゃないか」

ずっと抑えていた何もかもが一気に溢れ出した。

すごく、すごく嬉しかった。

いろんな問題が山積みで、まだ答えは出せない。

けど今は、このくすぐったいお腹の温もりだけを、いっぱい、感じていたかった。

田舎から大阪に出てきて二年近く。寝ても覚めても仕事の毎日で、プライベートなことを相談する友達もいなかったなんて。

私はいつだって仕事がいちばんで、彼とつきあうまでは、私の人生プランに男なんて微塵もなかった。そうだ。彼とだって、初めは気持ちに一線を引いて、バランスよくつきあっていたはず。それがよくもまぁ、あそこまで泥沼化したものだ。

選択権を与えられたからといって、実際に浮かれるわけにはいかなかった。決断を下す私には、大きな責任がある。こちらの都合ではなく、子供のことをいちばんに考えてやりたかった。

「お腹空いたな。っていうか、何か食べたい。……うん、食べよう」

と、一人で言いながら部屋の冷蔵庫をあさった。

何を見てもおいしそうに見え、目につくもの全部をテーブルの上に運んだ。

「いただきま〜す」

一人暮らしが長いと、独り言が増えてゆく。

そういえば誰かが、「一人暮らしの人が家に帰って、まずとる行動のナンバーワンは、ダントツでテレビをつけることなんだって」と言っていた。その心理は〝寂しいから〟らしい。独り言を言うのもきっと同じだ。

けれど私は、今はちがう。ここには友達も、彼も、家族もいないけれど、私は寂しくなかった。

だって何をしていても、何を言っても、この子が私を見ている気がする。

孤独を感じるどころか、私は日に日に、このぬくもりとのつながりを強く感じるようになった。ついこのあいだまでふにゃふにゃしていた自分が嘘のようだ。今ではこの子を感じるたびに、心が強くなる。私が守る、しっかりしないと、と。

私は、「愛おしい」という言葉を初めて感じた。これまで無数の言葉を発してきたのに、言葉というものがこんなにキレイだったなんて知らなかった。いつも粗末に扱ってきたからだろう。

「はぁー。ごちそうさまでした」

完食。心をこめて、言ってみた。

このまま横になりたかったが、とても危険（太る）なので、我慢してソファに座った。

妊娠がわかったときから私は無意識に、つねにお腹に手をやっている。

みんなは、いのちを感じたことがあるのだろうか。

いのちって、あったかくて、やわらかくて、ふわふわとしているのに、しっかりと重みがある。

世界中のみんながいのちを感じられたら、忘れないでいたら、きっとこの世から戦争とか悲しい事件は、なくなるんじゃないのかな。

ただ、とても大切なものを失ったときに、私たちは、心まで失ってしまう。

2

「尾崎さん、おはようございます」

「おお、河乃。おはよー」

「あの……。今日仕事終わってから、少しいいですか。お話があるんです」

「なんだお前、あらたまって。変な話じゃないだろうなぁ。勘弁してくれよ」尾崎さんは後ずさりをしながら言う。

「いやぁ……まじめな話なんです」私は肩をすぼめる。

「うわあ！　マジかよ……わかった。お前が仕事終わったら声かけてくれ」

「ありがとうございます。……お願いします」

尾崎さんは私の直接の上司だ。口はかなり悪いが、それは彼の愛情表現の一つ。

男の人だし妊娠は言いづらいけど、私の人間関係の中で信頼できる、唯一の人だった。

詳しく相談する気はないが、この一週間ずっと体調が良くないので、職場の誰か一人には知っておいてほしかった。私には生活がかかっているし、仕事を休むことはできない。

でもムリをするのも不安で、尾崎さんには申し訳ないが、いざというときのために話しておくことにした。


「……で？　どうしたんだ」

尾崎さんは机を挟んで私の真正面に座り、まっすぐ私を見ている。

私はこの会議室に、急に誰か入ってこないかと心配で、入り口にチラチラ目をやっていた。

「何だ？　そんなに言いづらいことなのか」

「ええっと……」彼に伝えたときよりもドキドキしている。

「妊娠しましたっ」

「はあ!?」

二人しかいない会議室に太い声が響き渡った。

「…………」

「おっまえなぁ……はぁっ」黙った私を見て、尾崎さんは怒りを吐き出すようにため息をついた。

「どうするつもりなんだ」

「まだ考えている途中です」

「……産むかもしれないってことか？　結婚してやっていける相手か」

「……いや。結婚はできないんです」

「どうして！」

「……お互いに事情があって」

尾崎さんはそれ以上、彼のことは聞かなかった。

「最近体調が悪くて。周りに気づかれると大変なので、尾崎さんには言っておこうと思って。すみません。仕事はきちんとやります」

「仕事って……それより子供の問題だろ。誰かに相談できてるのか」

「いえ、まだ……」

尾崎さんは眉間にしわをよせて、左腕の時計を見た。

「よし。河乃、うちに来い。朝まででも聞いてやる」

「えっ、いいです。もう遅いですし、奥さんにも悪いし、とんでもないです」

「予定あるのか」

「ないですけど……」

「なら俺仕事片付けてくるから、お前は着替えて駐車場で待ってろ。嫁には電話しておくから」そう言いながら、尾崎さんはサッサと部屋を出ていった。

予想外の展開だ。どうしよう。話すといっても、絶対に彼のことは言えない。この会社の社長と彼は友人で、彼が私をここに送ったのだ。尾崎さんも彼と面識がある。子供の父親が彼だなんて知られたら、尾崎さんは彼の会社に殴り込みにでも行きそうだ。あの人は勘がいいから、下手に話すとばれてしまう。

ちょっとこれはヤバイ。冷や汗が出てきた。

……だけど、こんなバカに真剣にかかわってくれる人がいた。ずっと誰かに聞いてもらいたかったし、意見してほしかった。尾崎さんの強引さに困った反面、正直うれしかった。


尾崎さんの家は、十二階建ての立派な分譲マンションだった。

最上階でエレベーターを降りると、大阪の夜景が一望に広がっていた。

私は（ひゃあ〜〜！）と感動していたが、もう夜の十二時なので、声を出すのは我慢した。

「おじゃまします……」

「お疲れさまー。どうぞー」

玄関に入ると、廊下のむこうの部屋の奥から、奥さんのおっとりした声が聞こえた。

「ただいま」尾崎さんは私をおいて、ズカズカと中へ入っていく。

私は靴を脱ぎそろえて、そろりそろりと入っていった。廊下を抜けて部屋に入り、「おじゃまします」と再び言った。

「どうもぉ。初めまして。沙織です」

声と同じ、柔らかい空気を持った人だった。

「初めまして河乃です。夜分申し訳ありません」

「ああ、いいのいいの。私こそ今帰ってきたばっかりで、バタバタしててごめんね。寒かったでしょう。コタツ入って待っててね」

「すみません」私は奥さんにぺこりとお辞儀をして、コタツに入った。

「おい、コーヒーいれてくれ。俺もこいつもブラックな」

「あっ、すみません」手伝おうと思い、腰を上げた。

「気ぃつかうな河乃。気持ち悪いぞ」

「……はい」また腰を下ろす。

そういえば、尾崎さんには子供がいない。私は自分のことで頭がいっぱいで、すっかり忘れていた。不妊治療をうけていると、前に本人から聞いたことがあった。

私が沙織さんの立場なら、すぐにでも私をひっぱたいて説教を始めるところだ。だって、自分は純粋に子供を望んで頑張っているのに、「やったらできました。さぁどうしましょ」なんて言ってるガキが現れたら、気ぃ悪いじゃすまない。

しかし沙織さんは、あたたかく迎えてくれた。いったい、どんな想いで、そうしたのだろう。

コーヒーメーカーが、シュンシュンと音を立て始めた。

沙織さんはベランダから洗濯物を取り入れている。尾崎さんはパジャマに着替えてコタツに入ってきた。

私は大好きなコーヒーアロマに包まれて、緊張がほぐれていった。沙織さんが三人分のコーヒーを手に、コタツへやってきた。

「河乃。もう一度聞くけど、どうやっても結婚はできない相手なのか」

急に話が始まった。

「できません」

私はそんなこと、望んでいない。

「そうか、わかった。……で、相手は何て言ってるんだ」

「私が決めていいって、言ってくれてます」

私は自信を持って言った。

「言ってくれてるって、それだけか」不思議そうな尾崎さん。

「はい」

「何て無責任な男だ！　いくつだそいつ」

「えっ……、三十二歳です」

しまった。とっさに本当のことを言ってしまった。

「はぁ？　三十二歳？　三十二の男が十九のガキに、どうするか決めろって言ってるのか！　最っ低なヤツだな」

「いや、ちがうんです。彼は私のためにそう言ってくれたんです。私、絶対に反対されると思ってたから、嬉しかったんです」

「バカかお前、それのどこがお前のこと思ってるんだ。お前に責任押しつけて苦しめてるだけじゃないか。……まさか、産むつもりなのか……」

「たくさん問題があってまだ決められませんけど、産むつもりで考えてます」

「じゃあ、認知はしてもらえるんだな」

「いえ、そのつもりはありません」

「ふざけるのもいい加減にしろよ！　結婚できない、認知もしない、お前が決めろ？

そんな惨い話があるか！　俺だったら土下座してでもおろしてくれってお前に言うぞ。それが男の責任だろ。お前、まだ十九なんだぞ」

「でも、妊娠がわかる前に私たち別れてますし」

「だったらなおさらだろ！」

「いや、お互い好きなんだけど、いろんな事情があって、別れるのがいちばんいいってなって……」

「何だそれ」

自分でも話していてめちゃくちゃな気がした。

「私、いっぱい考えたんです。お腹の子にとってどうすることがいちばんいいのか。もし産んだら、もしおろしたらって。そうしたら、どれも私の都合ばっかりなんです。この子のためにって思っても、結局は産むのもおろすのも自分のためなんですよ。だって、この子がどうしたいと思ってるかなんて、誰にもわからないじゃないですか。本当におろすことが責任なんでしょうか。この子は傷つきませんか。この子に次はありますか？……。どれも無責任じゃないですか」

何でもいい。ずっと、誰かに答えてほしかった。でも、尾崎さんは困った顔をして黙っている。沙織さんは真っ赤な目をして、言葉につまっている。わかっている。答えなんてない。

「私、変なんです。こんな状況なのに、こうやってお腹に手を当てていると、心が安らぐんです。あったかくて、優しい気持ちになれるんです。彼の子っていうより、私の子なんだっていう思いが強くて。私はまだ十九です。考えがすごく甘いです。でもこの命を守るためなら、なんだってやります。私、この子を抱きたいんです」

「河乃……。もういいから。……いいからおろせ。おろせばそのときは辛いけど、産めば一生苦しむことになるんだぞ。お前ならいい男捕まえて、まだいくらでも子供産めるから」

「……でも、何人産んだって、それはこの子じゃありません。おろしたら、もう二度とこの子に会えないんですよ」言葉と同時に涙がこぼれた。

沙織さんも、泣いていた。

「河乃、目ぇ覚ましてくれ、頼むよ」尾崎さんが私に頭を下げた。

「あなた。河乃さんは全部わかってるわよ。あなたに彼のこと否定されて彼をかばうのは、それだけ想ってるからよ。女なら、好きな人の子供ができたら、産みたいのが当たり前だわ」

沙織さんの言葉には重みがあった。

子供を授かる資格があるのは、本当は沙織さんや尾崎さんのような人たちだけだ。なのにどうして、現実はこうなんだろう。神様はまちがっている。私に罰を与えるのなら、ちがう方法がいくらでもあるはずだ。この子が犠牲になることはない。

話は朝方まで続いた。面倒くさい顔一つせず、二人はつきあってくれた。なのに私は、何の選択もできないまま、彼のこともいまだにすべて正当化しようとしている。

3

四カ月前――

彼とつきあい始めて一年も過ぎていたのに、今日の海行きが初めてのデートだと気がついて、今ごろびっくりした。

今まで二人で出かけるといえば、仕事帰りに飲みに行く程度。しかも私たちは熱心に仕事の話ばかりをして、周りの目もあるし、人前で「恋人」にはならなかった。

それが突然、彼から「海に行こう」と言ってきたのだ。

この忙しい夏に二人同時に休みを取るなんて、会社的には違法に近い。彼は、ムリに休みを取ってくれた様子だった。

「あさこ、今日これ着ていってよ」

朝一で私のところにやってきた彼は、嬉しそうにカバンの中の何かを探している。

起きたばかりの私は、私よりもウキウキしている彼の姿を横目に、コーヒーをたてていた。

「あさこ、これ！」

「っ…………」

彼が取り出したものは、青の超ミニスカートと、胸元のあいた真っ白のキャミソールだった。彼はそれを一枚ずつ両手で広げて見せ、しっぽをパタパタと振る子犬のようだった。

「……いや～、それは……どうかなぁ～誠一さん……」

「あさこってあんまりスカートはかないだろー。足キレイなのにもったいないなーって思ってたんだよ」

「でも、……短かすぎない？」

誠ちゃんがせっかく買ってきてくれたものだと思うと、強く否定できなかった。

「いいから、とりあえず着てみてよ、なっ、なっ」

それから、数分のショータイムが始まった。

誠ちゃんは大喜びだった。普通ならただのスケベなおっさんと思うべきなんだろうけど、私を見て無邪気に拍手なんてする誠ちゃんを、可愛い人だなんて思ってしまった。

結局、ショータイムに満足した誠ちゃんは、「外歩くには露出度が高いから、俺の前だけで着るように」と言って、私は普段の格好に着替えた。

誠ちゃんは何に関しても、行動と決断が速い。それでたまに振り回されてしまうこともあるけど、そんな誠ちゃんのテンポとパワーが、私は楽しくて好きだった。

到着した海は、初めて来る和歌山県の白浜というところだった。その名のとおり白い砂浜が広がっていて、海に潜ればいろんな魚に会えた。八月も終わりのせいか、人が少なく、活気はなかったが、私たちにとってはこのうえない解放感で、仕事の話など、一言も出てこなかった。

「あさこ、あさこ」

「んー?」

「ハトがいるぞ!」

「あっ!　本当だ!　ハトだハト!」

私と誠ちゃんは、二人で一つの大きな浮き輪に入って、海でゆらゆらしていた。

あまり人がいない浜辺では、一羽のハトが妙に目立っていた。

「誠ちゃん、あのハト、あそこで寝てるカップルに近づいてない?」

「そうなんだよ。あさこ、ほら、よく見てろよ」

誠ちゃんはハトの企みに気づいているようで、カップルのほうを指さした。ハトは、誠ちゃんの指先どおりの方向に進んでいた。

「……あっ、あっ、ああー！　何かつついてる！　あれ、たこ焼きじゃない？」

「おお！　大阪のハトだな」

「あーあ、めっちゃ食べてるよ。ハト」

ハトは、寝ているカップルのたこ焼きを、思いっっきり食べていた。

「あっ、彼女が起きた。……あははは、呆然としてるよ」

「あいつまだ食ってるぞ」

「おかまいなしだねー。彼女も笑ってるよ」

彼女は隣で寝ている彼氏を起こした。彼氏は、ハトにすごい勢いでたこ焼きを食べられているのを見て、呆気にとられていた。

この海は楽しすぎて、誠ちゃんと私はきっと今、誰が見ても彼氏と彼女で、私の頭の中から初めて、誠ちゃんの家族の存在が消えていた。

私は、誠ちゃんがどうして突然ムリをしてまで海に連れてきてくれたのかなんて、全く考えていなかった。

今が楽しいだけで、充分だった。誠ちゃんと出会って、ずっと……。

目を開くと、誠ちゃんの背中が映った。

誠ちゃんは、じっと座って、海のほうを見ているようだった。

私はいつの間にか眠っていたようだ。

「……誠ちゃん？」横になったまま呼んだ。

「おっ、起きたか」背中を向けたまま、顔だけ振り向いて言った。

「う〜〜、もったいないよー……寝ちゃったよー……」本当はまだ寝ていたい体を起こした。

「あさこ一カ月も休みなかったし、大分疲れてるだろ」

「お互い様だけどね……誠ちゃん？」

起き上がって見ると、見事に日焼けした真っ赤な誠ちゃんがいた。さっきは逆光でわからなかった。

「誠ちゃん！　赤っっ！」人のことを言った瞬間、私はとっさに自分の肌を確認した。

「あれっ？　あんまり焼けてない。えっ、何で誠ちゃんだけそんなに真っ赤なの？」

「あー、あさこに日が当たらないようにしてたんだ」

「……あっ、影つくってくれてたの？」

「ああ、あさこ色白いから、焼けたら大変だろ」汗だくのまま話していた。

「タオルくらいかぶっておけばよかったのに」

「俺の分あさこが持ってきてくれてると思ってカバン開けたら、一枚しか入ってなかったんだよ」

「ええ！　誠ちゃん、タオル持ってきてないの？」

「ああ」

「家出る前に言ってよ～。じゃあその一枚は？」

「あさこの足」

「…………」

唯一のタオルは、私の足を日焼けから守っていた。

「……ありがと、私、結構長い間寝てたんだ？」

「そうだなー。でも、俺も久々にボーッとできてよかったよ」ニコッと笑う。

何を考えていたんだろう。私はすごく大切にされているように感じて、気持ちが熱くなった。でもすぐに、目を開いたときに映った背中を思い出して、熱はすぐに冷めた。そこには距離があって、二人は違うところにいるような、遠い背中だった。だから、可愛く「ありがとう」なんて、言えなかった。本当は、今日の海も、誠ちゃんの優しさも、最高の幸せだったのに。

しばらく、私も誠ちゃんも、そのまま海を眺めていた。

何も話すことなく、それぞれに何かを感じていた。

誰の目も気にせず、遠慮なく、どうどうと、二人でいた。

私は、少し寂しさを感じながらも心は穏やかで、不思議な気持ちだった。

気がつくと、私たちを盛り上げてくれた太陽は薄くオレンジに染まっていて、その役目を終えようとしている。広がる青も、紅くこげていった。

「なあ、あさこ」

「ん？」

「俺、昨日さ、離婚の話してきたんだ」

「…………」

私が誠ちゃんを見ると、誠ちゃんはすでに私を見ていた。

「誤解しないでくれ。離婚の理由に、あさこは関係ないよ。これは俺とあいつの問題で、あさこと知り合う前からもめてたんだ」

誠ちゃんがそんなことを考えていたなんて、私は全く気づいてあげられなかった。

「あいつは絶対に別れないって言ってるし、離婚して落ち着くまで時間かかりそうなんだけど」

「……うん」

「その間、あさことは今までみたいなつきあいはできなくなると思う」

「……うん」

「でもな、俺、すぐには無理だけど、あさことやっていきたいって思ってるんだ」

「……うん」

「あさこ、待っていてくれるか?」

私たちのつきあいは、行動だけで言えば、仕事の延長にセックスがあるようなものだった。けど、お互いは良き理解者だった。

「……うん。待ってるよ」少し、微笑んで見せた。

でも、即答している自分に驚いた。

これは、プロポーズなのだろうか。誠ちゃんとの未来なんて考えたこともなかったのに、私は半信半疑にも、嬉しかったのだ。私は、どうやら誠ちゃんを本気で好きだったらしい。自分の返事を聞いて、ようやくそれを認めた。これまで考えずにいたのは、傷つきたくなかったからだ。けど、私は誠ちゃんの決心を知って、誠ちゃんについていこうと決めた。

離婚の話が出てから、誠ちゃんの奥さんは頻繁に会社へ顔を出すようになった。奥さんは「絶対に別れない」と言っているらしい。

会社には、五人の子供たちもいっしょに来ていた。その中には、先々月生まれたばかりの赤ちゃんもいる。

日ごろから奥さんを見ていて、わかることがあった。それは今の誠ちゃんがあるのは奥さんの縁の下の支えがあってこそだということ。つまり、社会的な誠ちゃんがあるのは奥さんの賜物なのだ。そして、奥さんは何よりも誠ちゃんを愛している。女の鑑だ。彼女はどんな状況にも顔色一つ変えず、いつだって笑顔でいる。嫌味のかけらもない。こんな形で出会っていなければ、私たちはとてもいい仲になっていたはずだ。

私は奥さんを尊敬している。だから会うたびに、この人にはかなわないと思い知る。彼との未来を期待すればするほど、奥さんへの嫉妬と罪悪感が増して苦しかった。

でも、もっとひどいことがあった。私は、五人の子供たちからずっと、お父さんとの時間をたくさん奪ってきた。悪いと思いながらも、自分の欲に勝てない。

だから愛美ちゃんが、私に合図をくれるようになったのだ。六歳の長女愛美ちゃんは、私に特にベッタリなついていた。そのせいで、愛美ちゃんは微妙な変化にも気がついたんだろう。ときどきすごく冷たい目で私を見るのだ。私はその目に凍りついた。まるで、

「パパを取らないで」「家族を壊さないで」と言われているようだった。私を好きでいてくれた愛美ちゃんの純粋な心を、私は踏みにじっていた。

こんな小さな子供を傷つけてまで、自分の欲求を満たしたいのか。そんな汚い幸せが欲しいのか。どんどん自分のことが嫌いになっていった。耐えられなくなっていた。私はためたストレスを吐き出すかのように、毎日、嘔吐を繰り返した。背中に焼けつく痛みを覚え、吐き出すものには、血がまじっていった。

海に行った日からそれほど経っていないのに、あの穏やかな気持ちだったころが、ずいぶんと昔のことのように思えた。

私は、欲が理性を食いつくす前に誠ちゃんと別れる決意をした。会社に手紙を出して、とりあえずの荷物だけを持って、部屋を出た。しばらく消えれば、二人の熱も、時間が消してくれると思った。

このとき、このままやめていれば、これ以上の大きな被害にはならなかったのだ。

「あさこ、悪いんだけどさ、今日遅くなるから旦那と健太のご飯、お願いできるかな」

「ああもうそんな、瑠璃《るり》ちゃん、遠慮しないでどんどんコキ使ってよ。急に来て置いてもらってるんだから。何でもやりますよ～」

「そう？　助かるわぁ。でもあさこのほうこそ遠慮しないでね」

友人の家に立てこもって、何日かが過ぎた。

ここには、誠ちゃんの会社に就職が決まるまでの少しの間、住んでいたことがある。私のマンションから、電車を二回乗り換え、一時間ほどかかっただろうか。結婚三年目の夫婦の家に再びお邪魔するのはどうかとも思ったが、この大阪で身をよせられる場所は、ここしかなかった。

部屋を出てからというもの、携帯が壊れそうなほど着信音が鳴っている。伝言メモがいっぱいになって、留守番サービスに切り替わるようになった。すべて、誠ちゃんからだった。

私は毎日、携帯とにらめっこをしている。電源を消してはつけ、消してはつけ。伝言を聞きたいけど、聞くのが怖い。決心が鈍りそうだった。

ピンポーン、ピンポーン、ピンポーン。

（……！　まただ）

「あさこー、おーい、あさこー」

私がここにいるという証拠はないはずなのに、誠ちゃんはほぼ毎日この家を訪ねにきていた。履歴書に書いてある住所が瑠璃ちゃんの家だったので、すぐに見当をつけたのだろう。

ピンポーン、ピンポーン、ピンポーン。

「おおーい、あさこー」

偶然にも、私一人だけのときに来ているからいいものの、瑠璃ちゃんたちに出くわしたらなんて言うつもりなんだろう。まぁその辺を考えて、ここに来ても名前を呼ぶまでしかしないのだろうが。

こんなことじゃ、お互い熱が冷めるどころか燃え上がってしまいそうだ。それとも、このまま時間さえ経てば燃え尽きるのか。どちらにしろ、私はいつまでもここにいるわけにはいかなかった。ほとぼりが冷めるまで待っていたら、瑠璃ちゃんたちにまで害がおよびそうだ。誠ちゃんは熱くなると何をするかわからない。

追いかけてくるなんて思わなかったから、ここにいる以外どうするかなんて、考えていなかった。

「あさこー、あさこー」

ピンポーン、ピンポーン、ピンポーン。

私だって会いたい。会って、本当は好きって言いたい。

私は毎日、インターホンが鳴るたびに布団を頭からかぶっていた。


「あんた、何、これ」

「なんだ、それ」

「とぼけないでよね。あなたの鞄から出てきたのよ。これ、ホテルの領収書でしょ」

「知らねーよ、そんなもの。だいたい人の鞄勝手に触るな。いやらしいヤツだな」

隣の部屋で、瑠璃ちゃんたちのケンカが始まった。

「いやらしいのはあなたでしょ！　こんなにハッキリした証拠があるのに、なんでとぼけられるの？」

「だから知らねーよ。誰かが間違えて入れたんじゃないのか」

「はぁ？　いつ、どこで、誰がこんなもの入れ間違えるのよ！　ウソつくならもう少し頭つかってよね」

「うるさいなー。お前だって、人のこと言えないだろ」

「どういう意味よ」

「さあ。お前がいちばんわかってるだろ」

ヤバイ状況になってきた。

どうしよう。止めたほうがいいのか、夫婦の問題に首を突っ込むべきじゃないのか。

でもネタ的に、私は意見できる立場じゃなかった。

「パパァ」健太の大きい声が聞こえた。

「パパァ。ごめんしゃい、ごめんしゃい。ママァ。ごめんしゃい、ごめんしゃい」

「健太。……健太は謝らなくていいのよ」

「パパァ、ごめんしゃいね、ね」

「健太が悪いんじゃないのよ……」

涙声に聞こえた。

「ママ、ママ、いちゃいの？　いちゃいの？」

「……大丈夫よ、健太。ごめんね」

バタン……。

旦那は黙って出ていったようだ。

「ママ、ごめんしゃいね」

驚いた。瑠璃ちゃんと旦那が怒っていることを、健太は自分のせいだと思ったのだろうか。

いや、二人の代わりに自分が謝ったんだ。

「瑠璃ちゃん」私はようやく襖《ふすま》を開けた。

「あさこ、ごめん。聞こえてたよね」

やっぱり泣いていた。

「あーちゃん、ママ、いちゃいの」

健太は瑠璃ちゃんの背中に手をやり、慰《なぐさ》めているようだった。

「この子すごいでしょ。私たちがケンカするとね、いつも間に入ってくるの。わざと変なことして笑わせたり、今みたいに謝ったり。健太がいちばん大人だわ」泣きながら笑って言った。

「うん。健太まだ二歳なのにね。よく見てるんだね。わかってるんだね」

愛美ちゃんたちも、同じなんだろうか。敏感にいろんなものをキャッチして、私が思っていた以上に悲しんだり、苦しんだりしていたんだろうか。

「健太。ママね、健太がよしよししてくれたから、痛いのなくなったって。良かったね、健太」私は健太の顔を覗《のぞ》き込むように言った。

「ママ、いちゃくないの?」瑠璃ちゃんの顔を覗き込む健太。

「うん。健太のおかげでママ元気になったよ。ありがとう健太」瑠璃ちゃんは健太の頭をくしゃっとなでた。健太はテレくさそうに笑いながら、踊《おど》ってごまかしていた。

誠ちゃんと離れて一カ月が過ぎ、私は自分のマンションに戻ってきた。誠ちゃんが瑠璃ちゃんの家に来ることもなくなって、電話もたまにかかってくるぐらいまでに収まった。

きっと、もう大丈夫。これから自分を立て直して、また頑張っていける。私は自分に、そう言い聞かせていた。

ガチャッ。

ソファに座って本を読んでいると、鍵をかけているはずの扉が開く音がした。

「あさこ……」

背後から、私を狂わす声がした。怖くて振り返れない。

「あさこぉ。電話くらい出てくれよ」

よく知っている足音が近づいてくる。

「俺、瑠璃さんの家まで何度も行ったんだぞ。お前、居留守使ってただろ」

誠ちゃんは何事もなかったように、私の前に姿を現した。私がやっとの思いで大掃除をした心の中に、断りもなく土足で入ってくる。甘かった。大掃除はきちんとしておかないと、押入れを開けられたら最後、詰め込んだものがなだれ落ちてくる。

「鍵、何で？　もうずっと前に返してもらったじゃない！」

「ああ。不動産屋に行って借りた。あさこが急に会社に来なくなって連絡もつかないから、家ん中で倒れてるかもしれないって言って借りたんだ」

なんて不動産屋だ。ああ、そうだ。誠ちゃんとあの不動産屋は親の代からのつきあいで、誠ちゃんは信用があるんだ。あの不動産屋は、誠ちゃんの紹介だった。

でもまさかそこまでするなんて、……普通はしない。

「鍵、返してよ」

「ダメだ。あさこ何するかわかんないし、俺が借りたんだから俺が返さないとおかしいだろ」

「鍵借りてる時点でおかしいよ！　いいから返して」

誠ちゃんの手から鍵を奪《うば》おうとした瞬間、私は誠ちゃんに抱き寄せられた。

「ちょっ、なに、離して。痛いよ」

「俺、……あさこいないとダメみたいなんだ。手紙読んで、あきらめようと思ったんだけど、あさこがいないと仕事も手につかない。俺、こんなこと初めてなんだ」

誠ちゃんの胸はあったかくて、凍らせた想いが溶けてしまいそうだった。

「俺、あさこを愛してるよ」

私を狂わせる声とつなぎとめる手。

残り少ない理性を、欲が完全に食い尽くした。


衝動買いをしてしまう原因は、満たされない心にある。

空っぽの心が埋まらないかわりに、例えばクローゼットを埋めてゆくのだ。いっぱいになれば、それを見て達成感と優越感にひたり、後は用なし。クローゼットを埋めても、心は埋まらないことに気がつく。そして初めて、本当に欲しかったものがわかるのだ。

誠ちゃんにとって私は、『衝動飼い』だったのだろうか。

離婚の話がはっきりするまで、誠ちゃんは少し距離をおこうと言った。毎日まっすぐ家へ帰るので、私から電話もできない。誠ちゃんの言葉を信じて待つしかなかった。

でも私が待っていた時間は、誠ちゃんの目を覚ますためのものでしかなかった。

誠ちゃんは会うたびに態度が冷たくなり、私に指一本触れなくなった。

私が求めても、何の反応もしない。気がすむならどうぞというように、抵抗すらしない。

待ち続けて出た答えは、「家族を裏切ることはできない」だった。
欲だけしか残っていなかった私は、正気を失い、大量の薬のビンをあけた。

4

尾崎さん夫婦と徹夜で話し合った三日後、私は決心して、誠ちゃんを呼んだ。

「お客様、ご注文はよろしいでしょうか」

レストランに入店して十五分。水だけ飲んでいる私に、店員さんはバツが悪そうに聞いてきた。私は正面の空席に手を向けて、

「もうすぐ来ると思うので。いっしょに頼みます。すみません」と言った。

仕事帰りでお腹が空いているので、本当は注文してしまいたいところだが、一人ファミレスで食事をするのは恥ずかしかった。

「もしもし。今どこにいるの？」

「あさこ、ごめん。まだ会社でもう少しかかりそうなんだ」

「えー、先に言ってよ。もうお店で待ってるんだよ」

「終わったらすぐに行くから、何か食べて待っててくれ」

こんなときくらい、こっちを優先してほしかった。

私は待つのが苦手。待っていると余計なことばかり考えて、不安につぶされそうになる。

「すみませーん、注文いいですか」

気分を紛らわすのに、開き直ってガッツリ食べることにした。

「えーっと、スペシャルミックスグリル、ライスとサラダとオレンジジュースのセットでお願いします」

「はい。スペシャルミックスグリルで、ライスとサラダとオレンジジュースのセットですね。かしこまりました」

声を大にして復唱された。こういう場合は気を利かせて少し声を落としてほしいと思うのは、私だけだろうか。

でも料理がくると、恥じらいよりも食欲が先立ち、周りの目など気にならなくなった。私は勢いよくエビフライを頬張る。美味だ。

食欲が少し満たされると、誠ちゃんが来る気配がないことに気がつき、もう一度電話をした。

「留守番サービスセンターへ、接続します……」

（えっ、なんで？）

タイミングが悪かったのだろうと思い、続けてかけなおした。

「留守番サービスセンターへ……」

（何かトラブったかな）

私は携帯を目の前に置き、料理は時間をかけて食べることにした。

そして、二十分ほどかけて料理の半分を食べ、また電話をしてみた。

「留守番……」

イライラが募る。今日は、きちんと話せるように冷静でいたかった。

食事が終わり、器も下げられ、また水だけになった。

誠ちゃんは来ない。電話はつながらない。お店に来て、もう二時間近く経過していた。

ここにいるのも誠ちゃんを待つのももう限界。私は途方にくれてお店を出た。さすがに深夜にもなると、人通りがなくなっていた。取り残された気分だ。

帰り道、私は大きな通りを選んで歩いた。かなり遠回りになった。なのにいつもの早足ではなく、自然とゆっくり歩いている。普段なら通り過ぎてゆくものたちが、一つひとつ目に入ってきた。この寒い冬に、白くて小さい花が咲いている。何ていう名前だろう。『民宿ホルモン』と書かれた謎の建物がある。民宿か焼肉屋かはてさて。むかいの道には、『スナックブス』と筆字で書かれた看板が見えた。……想像したくない。

感動して立ち止まったのは、ポスターに書かれたキャッチコピーだった。

〝ずっとキレイでいられるように、魔法をかけてあげましょう〟

私の女心は見事にキャッチされた。まさにグッときたのだ。

その後、どうして一瞬でこのポスターに魅せられたのかを分析し始めるあたりが、可愛くない女の悲しいサガだ。職業病ともいえる。

私は、このポスターの存在を早く誰かに伝えたくなった。この感動をわかってくれる人。そう思うと、やっぱり彼しか思い浮かばなかった。彼のことも、職業病なのだろうか。

彼と話をする前にもう一度気持ちを整理したくて、私はまたゆっくり歩きだした。

産むとなれば、実家に帰らないとムリだ。そうなれば事情を説明しなければならない。でもこんな話、両親に言えるだろうか。

ろくに通わなかった高校を卒業してすぐ、親の反対を無視し、啖呵を切って家を飛び出した。心配をかけたが、今では高給取りで親は喜んでいる。田舎では、近所の人たちや親戚に自慢の娘話をしているのだ。

そんな中、不倫相手の子供を身ごもったなんて言って帰ったら……。あっという間に狭い地域のいいネタにされるのは目に見えている。自分が指をさされるのは我慢できるが、親を笑われるのは堪らない。でも、きっとそんなことより親は、私のこの姿に涙するのだろう。

それでも、私はこの子を守るためなら、鬼でも何にでもなれると思った。

たまに車が通るだけの誰もいない夜道は、徐々に坂になっていて、そのむこうは何も見えない。身を切るような冷たい風は、私の感覚を鈍らせた。体を温めようと、早足になる。誰もいない、先の見えない、暗いこの道が怖くなった。でも歩くしかない。

だけど、ねぇ、お母さん。やっぱり悲しいですか……。

マンションの前に、誠ちゃんの車が止まっていた。部屋には、自分の家のようにくつろいでいる誠ちゃんがいた。

「あさこ、何やってたんだ。店行ってもいないし、携帯もつながらないし」

誠ちゃんと話す気がなくなった私は、携帯の電源を切っていた。

「携帯がつながらないのは誠ちゃんでしょ。約束してたのに……。何してたの」

「仕事が立て込んでたんだ。あのくらい待てないのか」

「待てないわよ。だから帰ってきたんじゃない」

「留守電くらい入れておけよ。心配するだろ」

「こっちの身にもなってよね」

「……。ああ、悪かったよ」

悪かったというより、あきらめた感じだ。

誠ちゃんは私の腕をひっぱって、ソファに座らせた。

「体は大丈夫なのか」

私の肩に左腕をまわし、右手をお腹の上に当てる。

「うん。大丈夫」

私はこの手をずっと待っていた。こうやって、この子に触れてもらいたかった。

今なら、誠ちゃんにちゃんと気持ちを伝えられる気がした。

私は、お腹の上の誠ちゃんの手に、そっと両手を重ねた。

「この子ね、産むことにしたよ」

お腹と私たちの手を見つめて言った。

「……産むって、どうやって？」

「誠ちゃんには迷惑かけないよ。田舎に帰るし、誠ちゃんの家族に知られることもないよ。私が育てていくから、何にも心配しないで」

「……ふざけるな」

誠ちゃんの声色が変わった。

「え？」

私は顔を上げて、誠ちゃんを見た。

「ふざけるなよ！」

誠ちゃんは私の手を払いのけ、私の両肩を思いきりつかんだ。

こんな顔、見たことない。すごく怖い。

「お前が一人で育てていけるわけないだろっ」

肩が痛い。

「……でも田舎に帰れば両親がいるし、協力してくれると思うから大丈夫だよ」

「親に言ったのか」

「まだだけど、うちの親ならきっとわかってくれるし」

「はっ、親もいい迷惑だな！　お前、一生親に苦労かけて生きていくつもりか」

「親のことは、誠ちゃんに関係ないじゃない。他にどうしろっていうの」

「堕《お》ろせよ」

「……え？」

「堕ろせ」

命令だった。

「……だって、私が決めていいって」

「ああ、言ったよ。お前は賢いからこの状況を理解して、堕ろすって言うと思ったんだよ。お前がこんなバカだったとは知らなかったよ！」

目の前の男が、すごい剣幕で何か怒鳴っている。

この男は誰？　私はこんな人知らない。今、何が起こっているのかわからない。

「……どうしても産むっていうなら、うちに来て俺の家族といっしょに住め。それができないなら堕ろせ」

「はっ？　何言ってるの。そんなことできるわけないじゃない！　どうかしてるわよ」

「どうかしてるのはお前だ。どうせ後になって認知しろだとか言うに決まってる。俺には家族も会社もあるんだから、お前に金を送る余裕なんてないぞ。子供産んで育てる覚悟があるんなら、うちに来られるだろ。嫁には俺が言ってやる。あいつならできるだろ。まぁ問題はお前が耐えられるかだな」

……日本はいつの間に、一夫多妻制になったんだ？

大きな声で、いかにも自分が正しいように言うので、私は一瞬、自分がおかしいのかなとまで思った。

彼はまだ何か言い続けている。それはあまりにひどく汚い言葉で、私の耳はもう受け入れられない。これが彼の手の内だったのだろうか。これが、私の愛した人だったのだろうか。でもこれが、この子の父親なのだ。

私はただ呆然としていて、彼がいつ帰ったのか覚えていない。

次第に悔しさと涙だけがこみ上げてきた。あまりの屈辱《くつじょく》に、泣き叫ぶこともできなかった。ただ、涙が止まらないだけ。自分の不甲斐無さが頭にくる。

「……ごめ……んね……ごめんね……」

私はお腹を抱えて、謝った。もう、謝ることにした。

「ごめんなさい、ごめんなさい……」

子供に、親に、神様に悪魔に、何もかもに。

一晩中、謝り続けた。許されないと知っていても、そうするしかなかった。

もう朝だと気がついたのは、部屋の外から、ゴミ収集車の音楽が聞こえてきたからだった。昨日の一件が夢だったのか現実だったのか、区別がつかなくなっていた。

だけど、鏡に映った私の両肩には、醜いアザがついていた。

「河乃、お前大丈夫か。顔色悪いぞ」

「あっ、尾崎さん。ちょっと寝不足で。でも大丈夫ですよ。このくらい頑張らないと」

「お前はいつも頑張りすぎるからなぁ。こんなときくらい、手ぇ抜いてちょうどいいんじゃないか」

「こんなときだから頑張るんですよ。はいっ、仕事仕事」

頑張っているときは、自分を責めないですむ。何もしないでいると、彼の、あの怒鳴り声が頭に響いて離れなかった。

「ああ、河乃。今朝な、緒方の社長さん来てたぞ。近くに来たついでにお前の顔見にきたんだと。今日河乃は遅出ですって言ったら、お前のことすっげぇ聞いてきてさぁ。まぁ俺が、河乃が来てくれて助かってますってちゃんと言っておいたから。お前、社長さんにここ紹介してもらっといて、連絡してないのか。そういうことはきちんと……。おい、河乃！」こっちを振り向いた尾崎さんは、私の顔を見て口を止めた。

「お前、真っ青だぞ」

「え、そうなんですか？」

「おい、マジで無理するなよ。俺にはわかんねーんだから、調子悪かったら自分から言えよ」

「すみません。あの、じゃあ少し休んできていいですか」

「おお。一人で大丈夫か」

「あ、はい。ほんと、大丈夫ですから」

私はヨタヨタと屋上へ上がっていった。

昼間だというのに、灰色の曇り空が薄気味悪い。私は手すりに寄りかかり、低い街を見下ろした。緑もない、息苦しそうな街。どこを見ても眺めは最低だ。

私はベンチに座り、もたれたまま上を向いて目を閉じた。いつもなら寒すぎるはずの冷たい風が、何だか今は状況にピッタリで変に気持ちがいい。

こうしている間も、私は彼の手の平の中で転がされているのだろうか。やっと離れたと思っていても、しょせん彼の監視下にすぎないのだろうか。

「近くに来たついでに寄った」なんて大嘘だ。私を心配しているように見せかけて、本当は私がヘタなまねしないように、見張っておきたいだけだ。自分の立場を利用して私の様子を探るなど、彼には容易いこと。

私は、彼といた時間を思い返していた。

二人の関係は、彼の優しさは何だったのか。

けど、どれだけ考えても、私は彼のおもちゃにすぎない。

泣き明かした私の目は渇ききっていて、もう、何も湧き出てはこなかった。

なんでもっと早く、せめてあのとき、気がつかなかったんだろう。


「尾崎さん、休憩ありがとうございました」

「おお。お前、鼻赤いぞ。外にいたのか」

尾崎さんは事務所で一人、遅い昼食をとっていた。

「ああ、屋上に行ってたんです」

「バカ、体冷やしたらよけい体調悪くなるだろ」

「頭冷やしたかったんで」

「……何かあったのか」

尾崎さんは箸を止めて、体ごと私のほうを向いた。

「私、子供を堕ろします」

「納得、できたのか」

「はい。彼、尾崎さんの言うとおりでした。彼とのこと、全部ウソだったと思うと、彼に対して憎しみしか感じられなくなったんです。私が彼のことを憎んだまま育てたら、この子も父親のこと憎むでしょ。親を憎みながら生きるなんて、不幸な人生をおくらせてしまいますよね」

「河乃、よく決心した」

「尾崎さんと沙織さんのおかげです。本当に、ありがとうございました」

「河乃、これから面白いことたくさんあるからな」

「はい」

「あっ、うちの沙織ちゃん日本酒好きなんだ。俺一滴も飲めないからさぁ、晩酌つきあってやってくれよ」

「はい、任せてください」

「そうだ、お前イチゴ好きだったよな。イチゴ狩り食べ放題のところ知ってるんだ。来年、みんなで行くか」

「はい。行きましょう」

「夏は海だな～。お前そのぶよぶよの肉、何とかしておけよ」

「ひどっ！　上物ですよ、これは」

「おおっ、霜降りか」

「もー、いいです。仕事戻りますっ。じゃっ」

私は怒ったフリをして、事務所を出ていった。

尾崎さんが、冗談を言いながらもものすごく心配してくれていることがわかって、私はその目を見れなかった。

5

十二月二十四日　金曜日　午前十時五十分

決心が鈍らないよう、一番早く予約がとれる日を選んだ。クリスマスイヴに中絶するなんて最低だけど、どうせ最低のことをするのだからちょうどいい。

「あさこ、これ」

彼は病院の前に車を止めると、私に手術費の十二万円を渡してきた。

「どうも」

私はお金を受け取って、上着の左ポケットに突っ込んだ。

「あさこと俺の子供、見てみたかったよなぁ」

「………」

「あさこ、妊娠してから顔つきがすごく優しくなったから、きっと女の子だっただろうな」

「……」

こんなときにそんなことを言えるなんて、どういう神経をしているんだか。

「俺、このあたりに車止めて待ってるから、終わったら電話してくれ」

「わかった。行ってくるよ」私は彼を見ずに車を出た。

わざわざ病院に連れてきて、終わるまで待ってるなんて。いい人ぶって、実は、私がちゃんと堕ろすかどうか、見届けたいだけなんだろう。

病院へ向かう足が重たい。彼の視線を感じる。「早く行け、早く入れ」って言われてるみたいだ。

入り口の扉を押す手がふるえた。

中に入ると、薄暗い待合室に高校生くらいの女の子が一人、ポカンとした表情で座っていた。こんな若い子が！　と思ったけど、私もたいして変わりない。

私は、その女の子から少し離れたところに座った。今は休診中のようで、病院内の電気は見るかぎりついていない。いくつかの小さい窓から、光が差し込んでいるだけだった。私と彼女、二人だけの静まり返った部屋に、時計の音が響き渡る。

チック、チック、チック、チック、チック

心臓を針で刺されているような感覚になった。

チック、チック、チック、チック、チック
この音は時限爆弾のタイマーで、十一時になれば爆発する……と、そんな願望をイメージしてみたりもした。

チック、チック、チック、チック、チック、チック。

私は目線だけを上にやり、時計を見た。

十一時、ジャスト。息が止まった。

「橋本さぁん」

「河乃さぁん」

廊下の奥から、それぞれ一枚の紙を持った二人の看護師さんが出てきた。

「あっ、河乃です」

返事をすると、私の名前を読んだ一人が近づいてきた。

「では、今日の説明をしますね」

そう言って私の隣に座り、持っていた紙を見ながら話し始めた。

「手術の前に全身麻酔をします。すぐに意識がなくなりますので、そのまま先生が手術を始めます。えーっと、終わったら、私たちが廊下の突き当たりの部屋に運びますので、目が覚めたら受付まで来てください。個人差はありますが、だいたい四時間くらい眠ります」

「わかりました」

「では内診室へお入りください」

これから、自分が何をやろうとしているのか、考えないようにしていた。

橋本さんと呼ばれていた女の子を見ると、平然とした顔で、看護師さんの話にうなずいている。彼女はそれでいいのだろうか。自分の子をどう思っているんだろう。そんな簡単に、堕ろしていいのか。

私は自分に問えない疑問を、見ず知らずの彼女にぶつけていた。

内診室に入り、ズボンと下着を脱いで内診台に座った。映画で見た電気椅子での死刑シーンを思い出した。隣の内診台に、彼女も座っている。彼女は相変わらず何でもない顔をして、じっとしていた。

看護師さんは、私と彼女を仕切るカーテンを閉めた。

「では、麻酔打ちますねぇ。らくにしてください」

左腕の真ん中がチクリとした。

すぐに頭の中がもうろうとしてきて、近くにいるはずの看護師さんたちの声が、遠くに聞こえた。私は、意識がなくなることに恐怖を覚えた。

「先生、お願いします」

「はいはい。こっちが河乃さんね」

初めて、自分が何をやろうとしているのかを実感した。

周りの声が、ボァン、ボァンと、聞こえ始める。

視界には、暗闇と薄明かりが交互している。

「じゃあ、始めるよ」

触られている感覚はないけど、先生の気配はわかる。

「あー、ちっちゃいちっちゃいちっちゃい」

ちっちゃい……？　やだ。いやだ。やっぱりやめて！

叫びたいのに、やめてほしいのに、声が出ない。体が動かない！

意識だけが残っている。

もう、遅い。

「おー、出てきた出てきた。ちっちゃいなー」

……あっけなく、終わってしまった。

ひどすぎる。先生も。私も。

「先生、次お願いします」

「はいはい。橋本さんね」

看護師さんたちが、私に下着とズボンをはかせている。

私は、どこかへ運ばれている。

私は、どこかにドスンと置かれた。

遠のいていく意識の中、もういないあの子に謝り続けた。

そして、すべてが真っ暗になった。

もう、このまま目が覚めなければいいのに。

午後三時四十分。願いは叶わず、私は起き上がった。

畳の部屋に転がっていたようだ。本当は、もっと早くに意識が戻っていた。でもそのとき、あの女の子が起き上がったので、私はとっさに目をつぶった。彼女は少しの間、座ってぼーっとしていたようだった。そして思い立ったように、素早く部屋を出ていった。

私は脱力感で動けずに、その後また眠った。

部屋の外は、少しバタバタとした様子だった。

「あっ、河乃さん、大丈夫ですか?」

廊下を歩いていた看護師さんが私に気づいた。

「はい。大丈夫です」

「よかった。四時から病院が開きますので、先に受付でお会計できますか」

「あ、はい。もう帰ります」

私ははききれていないズボンをはき、受付に行った。

「今はまだ出血していますが、すぐに止まりますので。出血がひどいようでしたら、また来てください。あと、二、三日は安静にお願いします」

「はい。ありがとうございました」

「お大事に」

急に明るい外へ出ると、眩しくて目がくらんだ。今日は快晴で、十二月というのにぽかぽかしていた。

あの子は、あのキレイな空まで、無事帰れただろうか。

私は電話をする前に彼の車を見つけた。彼は車の中でシートを倒し、口を開けて寝ている。

トントントン。

窓をたたくと、彼はあわてて起き上がり、ドアを開けた。

私は黙って助手席に乗る。

「お疲れ様」彼は笑顔で言う。

「うん」

何でこの人は笑っているのだろう。

「腹へってないか？　体大丈夫なんだったら、何か食べにいくか」

「うん」

子供はいなくなっても、食欲は残っていた。

だけど、今日はクリスマスイヴで、どのお店もいっぱいだった。和風のお店まで、店内をクリスマスカラーで飾っている。

そうだ、そんなところで私たちが食事するなんて、場違いだった。私はスーパーでおかずを買い込み、彼にマンションまで送ってもらった。

「じゃあね。お疲れ様」

そう言って私はスーパーの袋を持ち、車のドアを開こうとした。

「あさこ」

私はドアを開ける手を止めた。

「あさこ……」

彼を見ようとしない私の顔を、彼は自分のほうに向けた。それでも彼を見ない私に、彼は顔を近づけてくる。

「もう、なに、やめて」

両腕をつかまれて、ジタバタしたって彼の力にはかなわない。

彼の唇は、私の唇を押し付けた。彼が、私を触っている。

「あさこ」

彼の手が、彼の唇が、彼の声が、この上なくおぞましい。

急に全身麻酔の感覚を思い出した。自分がここにいるのにいないような、気持ちの悪い感覚。私は急に、体が動かなくなった。声も出ない。

まるで、犯されているみたいだ。

「……あさこ?」

彼の手と唇が、私から離れた。

固まっている私を見て、彼は「ごめん」と言った。

私はそのまま車を降りて、部屋に帰った。

私は今日、子供を堕ろした。

それまでは、中絶なんてしたら、私はどうなるんだろうと思っていた。子供がいなくなるなんて、想像できなかった。きっと、悲しくてつらくて苦しくて、泣き叫ぶんだろう——そう、思っていた。

なのに子供を堕ろしてから、私はお腹が空いている。憎いはずの彼とも、キスをした。悲しみも、涙も、何も湧いてこない。何も感じない。私にとってこれは、それくらいのことだったのだろうか。だとしたら、私はもう、人間ではない。

いったいあの子は、何をしにここに来たのだろう。何の意味があったんだろう。それとも、もともと命に意味なんてないのだろうか。

だって、命は簡単に消すことができる。あっけなく、消えてゆく。

命のメッセージなんてわからない。何も、残らない。

一つの命を犠牲にして得たものは、食欲旺盛で太った、醜い体だけだった。

あとはただ、ひたすらの空虚。

あれから、日に日に体調が悪くなっていった。お腹が張って、痛くて、吐き気がする。中絶した病院に診てもらったが、何も問題はないという。何軒か違う病院もまわったけれど、答えはみんな同じだった。内診を受けると激痛が走るし、私は病院に行くことが嫌になっていた。

でも、この痛みがあるかぎり、私は忘れないでいられる。これまで散々なことをしておいて何も感じないという罪を、つぐなっているようだった。

6

春を目前に、まだまだ冷える日々が続いていた。

冷たい手足は、体をいっそう辛くする。お腹をさすりながら、眉間にシワを寄せて仕事をしていると、後ろからファイルで頭をたたかれた。

「おい、そんな顔で仕事するな。周りが心配するだろ」

尾崎さんだった。

「すみません」

「お前、まだ調子悪いのか。もう三カ月は経つだろ」

「はい……」

「休憩中によく病院通いしてたじゃないか。最近行ってないから、もう治ったと思ってたのに」

「いや、行っても仕方がなくて、行かなくなったんです」

「仕方ないって?」

「どの病院に行っても、どこも悪くないって言われるんです」

だけど私はずっと、腹痛と吐き気に悩まされている。

「もう、病院に行くこと自体に疲れて……」

「……沙織ちゃんが行ってる病院、行ってみるか？」

「え？」

「あいつも心配してたんだ。お前の様子見て、良くならないようだったらここ教えてあげてって言われて」

そう言いながら、尾崎さんは財布からメモを取り出した。

「すごく人気のある病院だから、予約して行っても四時間くらい待つときあるし、待ってもお産入ったら、全員キャンセルになるらしいんだけど。お前がもし行くんなら俺が仕事の埋め合わせしておくけど」

「……いいんですか」

「おお、行ってこい」

「ありがとうございます」

私は、尾崎さんから病院の連絡先と地図が書かれたメモを受け取った。

「沙織ちゃんもな、子供できなくて、相談できる病院探すのに苦労したんだ。中には嫌味言ってくる医者もいて、一度は諦めたんだけどな、職場の人に教えてもらって行ったんだと。もう一年くらい通ってるかな。ちゃんと話聞いてくれるから、安心できるってさ」

「沙織さんも頑張ってるんですね」

「ああ、気楽に頑張ってるよ。俺は二人でも楽しく暮らせたら、こだわらないんだけどな」

「そうだったんですか」

「うん。……あっ、沙織ちゃんには内緒だぞ」

「はは。ラジャーっす」

翌日、私は早速病院へ向かった。メモには駅から徒歩十五分と書いてあったが、思ったより道が複雑になっていて、迷いながらたどり着くのに三十分ほどはかかった。

『北川クリニック』と書かれた看板には何科とは書かれておらず、入り口のつくりも壁におおわれて中が見えないようになっている。知らない人が見たら、何の病院かわからない。おかげで私は入りやすかった。

待合室は、人、人、人ですごいことになっていた。備え付けの椅子では間に合わず、二階につながる階段にまで、座布団が敷かれてみんな座っている。それでも立って待っている人が何人もいた。私は受付のすぐ横で立って待っていたが、十分ともたず床に座り込んだ。

産婦人科の待合室って、女としての最高の幸せと最低の不幸とが、凝固した場所だと思う。

後者にとっては厳しい場所だ。自分の中の醜い感情と戦わなければならない。私はいつも、敗北する。だから今日は、寝たふりをして、何も見ないようにした。

「精神的後遺症ですね」診察の後、先生に言われた。

「……って、なんですか？」

「今まで、他の病院で聞きませんでしたか？」

「はい。初めて聞きました」

先生は驚いた顔をした。

「中絶をされた方によくあることです。体に問題はないので、安心してください。心と体は一致していますので、中絶による隠れた精神的ダメージが、体の痛みとなって出てくるんですよ。お仕事も忙しいみたいですし、なるべくリラックスする時間をつくって、ゆっくりしてみてください。痛みがひどいときのために、頓服だけ出しておきますね」

先生が話をまとめたようだったので、私は「ありがとうございました」と言って、診察は終わった。

もう子供は産めないんじゃないかとも思っていたから、原因がわかって少し安心できた。でも、このときの私はこの後遺症の本当の苦しみなど、まだまだ理解してはいなかった。

7

電話の向こうで、もえが泣いていた。日本とアメリカの距離が邪魔しても、その様子は手に取るようにわかる。

私はジョシュアに対して、この上なくむかっ腹が立っていた。でも、もえは「私も悪いとこあるし、お互い様なの」と、ジョシュアをかばう。その言葉で、もえがジョシュアを好きなことはわかった。腹が立つのは、自分とかぶるからだろう。

二人の詳しい事情は二人にしかわからないことだから、その仲をとやかく言うのはやめることにした。そんなことより、もえに伝えなければならないことがある。

もえは涙で声が震え、話すのはおろか、聞くのもやっとのようだった。

私はというと、聞くのは胸が痛くて話すのがやっと。

「もえは、自分がどうしたいのか、わかる?」

「……っく、産みたいけど、……どうしたらいいか、わかんない……」

「そっか。私ね、実は去年、子供おろしたの。お母さんたちには内緒よ」

この話をするかどうか、すごく悩んだけど、伝えないといけない気がした。姉妹で同じ過ちを繰り返さないために。

「私も本当は産みたかったの。でもね、相手が結婚できない人で、どうすることが正しいのか、わかんなかったの」

もえは、声を殺して泣いていた。

私は、中絶までの一件を話した。

「……でもね、いまだにこれで良かったのかなって思うの。おろした理由なんて、ただのキレイごとに思えてきて。私、結局自信がなかったのかも。子供が大きくなるにつれて、父親に似てきたらって思うと、子供を愛し続ける自信がなかったのかも」

私は、なぜおろしたのか、本当の理由はコレのような気がした。

私は自分を恨んだ。最悪だ。あんなに温かかった命を、信じられなかったのだ。そして、自分が傷つく前に自分の子供を……殺した。

「私ね、それから時間が経つにつれて、精神的にまいってるの。今じゃ男が気持ち悪くて電車にも乗れないんだよ。何かあるとすぐ体調悪くなって、日常生活に困ってるくらい。だからね、もえにはそうなってほしくないの。もえがちゃんと考えて、本当に望んだ結果だったら、私応援するよ。うちの家族はみんないっしょだと思う。もえ、そのことはわかってるでしょ」

もえは、声のふるえを必死にこらえ、「ジョシュアとの子供だから、産みたい」と言った。

そのときから、もう一つのストーリーが始まっていたことを、世界中の誰一人として、気づかずにいた。

みんな、生きていることが当たり前すぎた。

みんな、いつまでも時間はあるのだと、思っていた。

8

二〇〇〇年　十二月

二人で、テレビを見ていた。体操座りをしている私のすぐ後ろで、隆二は横になって爆笑している。お笑い番組は面白いけど、つきあい始めた恋人のムードというものはゼロで、少し、ため息が出そうだった。

私も隆二も、外見は派手な顔立ちをしておきながら、この二人はまだ手もつないだことがない！　横になっている隆二のそばに、ごろんと転がれば可愛いんだろうな……と思いながら、それすらできなかった。もう、つまらない笑いのネタにも笑うしかない……。

「この二人って、くだらなさすぎて面白いよな～、あはははっ」

「あははは、確かに、そこにハマルよねー」

「ひゃははは っ、ヤバイよ、この二人！　あはははは」

（ここの二人もヤバイんだよ！　隆二くん！）

「あっ、ビール終わってるよ！　もう冷蔵庫からっぽだったよな」空だとわかっているビール缶をのぞく。

「うん。イカの塩辛だけ入ってたよ」

「わちゃぁ～、コンビニ行ってくるよ、アサ何かいるか？」素早く立ち上がった。

「あっ、いいよ、もう帰るし、一緒に出る」つられて立ち上がった。

「そっか」

（うっ………………）

会話のテンポが良すぎて、「帰る」というところをあっさり受け入れられてしまった。彼の部屋での滞在時間、三時間。結局、またいつもと同じ。

「ううう～～！　さっぶいねえ！」

外に出ると、十二月の夜が身にしみた。

「お～、雪でも降りそうだな。さみぃ～」

と言って、隆二はさりげなく私の肩に手をやり、自分の胸のほうに引き寄せた。

「……あっ……熱カン!!」

私は突然のことにドキドキしすぎて、意味不明に叫んだ。

「熱カン？」

「……そう、熱カン！　やっぱり冬はビールじゃなくて熱カンだよ」

隆二の片腕の中、私はカチコチだった。

「渋いなぁアサ、でも俺日本酒ダメなんだ。年中無休でビールだな。アサは日本酒派？」

「うん！　前はぬるカンが一番好きだったんだけど、最近はあっっついのが好きだなー」

（今、隆二とつきあい始めた中でいちばん隆二とくっついているのに！　何で私はオヤジみたいなことを言ってるんだぁぁぁ!!）

「あははは、アサって酒の話してるとき、ほんっとぉに幸せそうな顔してるよなぁ」

「ははは、ごめんね。オヤジくさくて……恥ずかしー」

「ううん、めっちゃ可愛い」

……そんな嬉しい言葉に私が反応する前に、隆二のぬくもりが、唇から伝わってきた。

そして、私は隆二の両腕の中にいた。数秒の沈黙……。

「……びっくりした……」

「……俺も」少し、力が入った。

「あはは、隆二もびっくりしたの？」

「めぇぇっちゃビビッった！」

私は隆二の背中を軽く二回たたいて、ニヤケながら抱きしめた。

「アサ」

「ん？」

「今日は一緒にいよっか」

「……ん」

コンビニに寄って、マンションにつく頃には、雪が降り始めていた。

私と隆二は、二人で寝るにはちょっと狭いベッドに転がった。

初体験でもないのに、どうして、こんな気持ちになるんだろう。胸がきゅんきゅん鳴ってやまない。部屋の静けさが、余計に緊張感を高めた。

「隆二……」薄明かりの中、隆二の顔に触れた。

「大好きだよ」

「……俺はその何倍も大好きだけどな」隆二は嬉しそうに言った。

きっと私は、その何倍も嬉しそうな顔をしている。

私は、隆二の触れる手が優しくて、隆二を感じるたびに少しずつ緊張がほぐれて、でも気持ちは高ぶって、不思議な気分だった。隆二の唇は、ゆっくり、私の体の下にさがっていって、隆二の顔は、見えなくなった。私は、目をつぶった。

――――ドクンッ！

「……アサ？」

「…………」

何かが……、一瞬、頭の中をよぎった。説明のつかない感覚が、全身に走った。

「……アサ？」

目の前に、隆二の顔が戻ってきた。

私は何でもないようにニコッと笑って、隆二にキスをした。

そして再び目をつぶり、隆二に集中した。私に柔らかく触れる、優しい、その手とその唇に……。

――――ドクンッッ…………

「！！！」息が、止まった。

「……」やめてと言いたいのに、声が出なかった。

体も、どこも動かなかった。はっきりとしない映像が、何枚も何枚も頭の中でフラッシュした。恐怖を越えた恐ろしい感情に襲われて、狂いそうだった。

私に抱きつく隆二は、おぞましい男としか映らなくなった。隆二の動きは、犯されている感覚でしかなかった。

「アサ?」

「…………」

「アサ、おい」

その男が、私を覗き込んだ。

「…………」

「どうしたんだよ! 何で泣いてるんだ?」

「…………」

泣いた覚えなどなかったが、隆二に頬を触られ、濡れていることがわかった。

「……ごめん」声が出た途端、全身が大きく震え始めた。

「えっ! 何? 大丈夫か、アサ」近づいてくる隆二。

「……ごめん、ごめん」私は後ずさりをした。

「俺、何か悪いことした?」

「ごめん……ごめん……」首を振りながら、その言葉しか出てこなかった。

体がガクガクして止まらなくて、吐きそうだった。

「謝らなくていいから、な、アサ」

そう言うと隆二は、後ずさりする私を抱き寄せた。

「やめて!!」

「…………」

私の異常な叫び声に、隆二は固まった。

「……ごめん、ちがっ……ごめんなさい……」震えがひどくなっていた。

「大丈夫だから、アサ、もう謝るなって」

隆二は心配そうに笑って、隣の部屋に行った。

「……ごめんなさい……」

謝っているのは、隆二にじゃなかった。でも、誰に謝っているのかも、わからなかった。ただ、これしか出てこなかった。

「アサ」隣の部屋から、隆二が顔を出した。

「カフェオレ、あったかいの作ったから、ココ置いておくな」

隆二はテーブルの上にカフェオレを置いて、隣の部屋に戻った。

目線を上げると、窓の外に降る雪が見えた。そして、部屋を見渡した。

やっと、現実に戻った気がした。不快な余韻を残して、震えは止まっていた。いったい、なんだったのか。

半年前、私はあの男の監視下から抜け出して、一からやり直すために、会社を辞めて、部屋も引っ越した。電車に乗らなくていいように、自転車で行ける職場に勤めた。そして、隆二と知り合った。四つ年上の隆二と、普通の、誰も傷つけなくていい恋愛ができると思った。なのに、物理的に完璧にあの男から逃げ出しても、精神的な支配からは逃れられなかったのだ。あの男はどこまでも、私につきまとってくる。そして私は、きっと隆二を傷つけてしまう。

次の日の夜、私は隆二に、一年前に子供をおろしたことを話した。

隆二は、「みんないろんな過去があるよ、気にするな」と言って、詳しいことは聞いてこなかった。

9

自分の叫び声で目が覚めることがある。それは決まって同じ夢。忘れたころに、やってくる。隆二は訳を知っているから、そんな朝は私をそっとしておいてくれる。

本当は、ぎゅっとしてほしいし、初めは隆二もそうしてくれたのだけど、体がそれを拒絶してしまった。隆二の腕の中で私は、恐怖心でいっぱいになった。お腹も引きつり、けいれんのようにまでなった。

私は、何も言わずにいつも微笑んでいてくれる隆二に、ずっと甘えている。

たしか色気たっぷりだったはずの銀杏並木の街が、すっかり年老いていた。葉は枯れ落ち、道ゆく人は、みんな背中を丸めて歩いている。

「グっさぁーんっ」

私は人ごみに向かって、大手を振った。

グっさんの密度の濃い坊主頭と、さっきまで『仁義なき戦い』を見ていたにちがいない歩き方は、どこにいても目立つ。

グっさんは私に軽く手を上げ、にらみながら近寄ってきた。

「おはよぉグっさん。朝から厳《いか》ついねぇ」

「あほっ、お前大声で俺の名前呼ぶな。恥ずかしい奴」

無愛想だけどテレ屋なグっさんを、私はこよなく可愛いと思っている。

「グっさんがお茶しようなんて、珍しいね。いつもは四人で酒なのに。どうしたの」

「ああ、あいつら仕事だろ。さっみぃから、とりあえずどっか入ろうぜ」

私たちに実年齢ほどの若さはなく、寒いし、いいお店を探すのも面倒なので、目の前のカフェに入った。

私はいつものホットコーヒーを頼み、グっさんは顔に似合わず、ホットミルクティーを頼んだ。注文品を持ってきた店員さんが、私の前にミルクティー、グっさんの前にコーヒーを置いて、私は「ぶっ」と噴き出してしまった。

「おいアサ、失礼だぞ」

「ぎゃはははっ。ご、ごめんちゃい」

「何か前にもあったよな、こうゆうの」グっさんは、コーヒーとミルクティーを置き換えた。

「あっ、居酒屋でしょ。私と隆二が焼酎で、グっさんとアミちゃん抹茶ミルクなのに、店員さん、当たり前のように私とグっさんの逆に置いてたよね！」

「ったく、お前が親父臭いんだよ」

「まぁ、否定はしないけど、グっさんも見た目とギャップありすぎっすよ」

「ほ〜お」

グっさんはミルクティーに砂糖を入れて、いつまでもぐるぐるとかき混ぜていた。

「ところでアサ、最近隆二とはどうよ？」

「……何、急に」

「うまくいってんのか」

「……うん。いや、ちょっとぎこちないかも」

私は精神的後遺症とやらで、隆二と関係を持てずにいた。夢の件にしても、きっと隆二は複雑な思いをしているだろう。隆二は優しいから、何も言わない。けど、最近急に、隆二の態度が冷たくなっていた。私は、隆二には常に申し訳ないと思っているから、何も聞けなかった。

「実はな、お前に言うべきかどうか迷ったんだけど……」

グっさんは、やっと一口目のミルクティーを飲んだ。

「あいつ、前つきあってた女からさ、しつこく電話かかってきてただろ」

「……うん」

「その女、妊娠してたらしいんだ」

「………」

また、妊娠ネタ――。

「それで女は、隆二がヨリを戻してくれたら堕ろしてもいい、戻さないなら産むって言ってるんだと」

「はっ。……何、それ」

「うん。隆二も悩んでたよ」

「そうじゃなくて、女だよ。そんなの、ウソに決まってるじゃん」

心臓がドクドクする。

「グっさんも、そんな話信じてるの？」

……だめだ。怒りが抑えられない。

「え、うん。まぁ、あいつが言うから」

「そんなの、ちょっと考えればおかしな話だってわかるじゃない。私たちつきあって、もうすぐ三カ月よ。妊娠って、何カ月よ、今さら中絶する気？　それとも私とつきあってからやったたって言うの？」

グっさんが悪いわけじゃないけど、止まらなかった。

「だいたい、ヨリ戻すなら堕ろしてもいいって何？　戻さないなら産むって何よ！　ただの脅迫じゃない。本当に子供ができた女なら、絶対にそんなこと言わない！」

私は、知ってる。くすぐったい命が、何よりも愛おしいこと。

「もし妊娠が本当でそんなこと言ってるんなら、最低だよ。自分の子より男をとるなんて。証拠……見せてもらったの？　写真。今何週かとか予定日とか、聞いたの？」

「いや。……たぶん、あいつ、妊娠したって聞いただけでまいってて。そこまで気が回らなかったんじゃないかな。女ともまだ会ってないみたいだし」

また、ここにも無責任な男がいた。バカな女がいた。ウソでも本当でも、子供をエサにするなんて。許せなかった。私にそんな資格はないとわかっていても、腹が立って仕方がなかった。

私は両手でカップを持ったまま、口をつけずに考えていた。グっさんは椅子にもたれて、うつむき加減で苦しい顔をしている。まるで、ケンカ中のカップルだった。

「グっさん。グっさんから聞いたってバレちゃうけど、隆二に伝えて」

グっさんは顔を上げて、「ああ」と言った。

「私はその話、ウソだと思ってる。けど、もし本当なら、今彼女、すごく苦しんでると思うの。堕ろすことになれば、心も体も、傷つくのは女なの。堕ろせば解決するって問題じゃないの。産むにしても一生がかかってるんだから。だから逃げないできちんと話し合って。その上で出た結論なら、それでいいから。それまで、私待ってるから」

隆二は、私がやっとの思いでつきあえた人だった。

「アサ、お前は傷つかないのか？」

「ははっ。つきあって三カ月足らずよ。そんな浅い傷、すぐになくなるよ」

私は隆二が好き。だから、最低な男になってほしくなかった。

10

大阪には、桜ノ宮というキレイな地名の場所がある。どこまでも続く大きな川の両岸に桜の木が並び、そのときを迎えると、満開の薄紅色が踊りだす。まさに、水の都の芸術。

「アサ、悪い。遅くなって」

残業で遅れていた隆二が、私の後ろからやってきて背中をポンッとたたいた。

「隆二！　おっつかれ〜。走ってきたの？」ニヤける私。

隆二は髪がサラサラで、前髪をかき上げるクセがある。その前髪が、汗で上がったままになっていた。私は腰に下げていたハンドタオルで隆二の汗をふいた。ついでに、前髪も下ろしてあげた。

「かぁ〜、お前ら！　そうゆうことを普通にするなっ、フツーにっ」

炭で火をおこしていたグっさんが、私たちに指をさして注意した。

「グっさんもやってほしいなら、アミちゃんに言いなよ」

「あっ、いいのよアサちゃん、タオルが勝手に吸い取ってくれてるから」

グっさんは、粗品でもらったと見られる白いタオルをねじって、頭に巻いていた。

「おっとこだねぇ〜。グっさんっ」

「おうっ、隆二。おだてんなや」

川の水面に、街の光が反射してきた。夜桜はその風情を、一層増してゆく。

そして私たちも、桜に続いて頬を染めていった。

その頬に、心地好い風が吹く。

「うっわぁ〜！　きれ〜い！　桜吹雪だぁ」

私は空を見上げて、缶ビールを持ったまま、両手を広げた。

「おいっ、肉が桜まみれだぞ」

「グっさん、色のない男だねぇ」

「おう、アサに言われたくないぞ」

「アサちゃん、むりむり。この人、女心がわかんないの」

「そんなもんわかってたまるか、な、隆二」

「あっ、ごめん。俺わかるから」

「おっまえ、チョコッと男前だからって、ああ、そうかいそうかい」

桜吹雪はあったかい。

みんなと大笑いして食べる百グラム九十八円のお肉は、霜降り牛より美味しい。

振り返れば、隆二が私を見ている。私は、「これからいくらでも楽しいことがあるから」という、あのときの言葉を思い出していた。

「は～い、お手洗いに行ってまいりま～す」酔っ払いが立ち上がる。

「アサ大丈夫か。フラついてるぞ」隆二も立ち上がろうとした。

「あっ、隆二くんいいよ。私もアサちゃんと行くから」

「そっか。じゃあ頼んだ」あっさりと座る隆二。

私たちは、トイレの場所もわからないまま、ふらふらと歩き始めた。

「そういえば、アサちゃんと二人で話すの初めてだね」

急に満面の笑顔で言われたので、私はドキッとした。

「本当だ！　そっか、いつも男どもがいるもんね」

「グっさんがね、隆二くん、アサちゃんとつきあって、すごく変わったって言ってたよ」

「ええっ！　それっていいほうに？　悪いほうに？」

「あははっ、いいほうだって。私もそう思うよ。何て言うか、丸くなった」

「とがってたの？」

「うーん。基本的にすごく優しい人なんだけど、どっか投げやりだったんだよね」

「へぇ～」

「グっさんが初めてアサちゃんに会った日、隆二が真面目な女とつきあってる！　って叫んでたもん」

「ほぉ～。あっ、あったよ」

話しながらも私は、ちゃんとトイレを探していた。よく女のトイレは長いと言われるけど、ラフな格好でノーメイクの私たちには関係ない話だ。

「あーあ、酔い醒めちゃったよ」

「アサちゃんいいな～、強くて」

ぺちゃくちゃしゃべって戻ると、男二人があぐらをかいて座り、向かい合っているのが見えた。

「やだ、アサちゃん。あの二人怪しくない？」

「ええ奥さん！　前々から思ってたけど。やっぱりできてたんだわ」

「ぷっ、何してるんだろうね。脅かしてやろうか」

「そうしましょう」

いたずら心をくすぐられた私たちは、桜の木に隠れながら、そうっと近づいた。あと一歩のところで待機し、タイミングを見計らう。私もアミちゃんも、両手で口を押さえて笑いをこらえた。

「……それで今日遅れたのか。しっかりしろよ、隆二」

「だから偶然だって」

二人の話し声が聞こえた。

「そんな偶然あるかよ。アサ言ってたぞ。お前が、あの女とはきちんと終わったって言うから、また二人で頑張るって」

「アサのことはマジに好きだよ。だからあいつとは、会ってるだけで別に何もないよ」

「そういう問題か？　お前はさ、妊娠したってウソ話したときのアサを見てないだろ。俺二度と見たくないぞ、あんなアサ。お前の作ったウソ話に真剣になってさ。自分よりもあの女のこと考えてたんだぞ」

「ああ、アサみたいな女、そういないよ。でもあのときは典子からヨリを戻したいって言われて、考える時間が欲しかったんだ」

「だからな……」

「隆二？」

私は頭が真っ白で、何も考えず名前を呼んでいた。隆二は私を見て、目をそらした。

「ア、アミ！　お前ら、早かったな。よし、飲みなおすか」

「グっさん」アミちゃんは、グっさんに首を振った。

「隆二、話が見えないんだけど」

「……ごめん」

固まって桜の木から動けない私に、隆二は座って下を見たまま、つぶやいた。

「ごめんじゃなくて……今の何？」

「……ごめん」

「ごめんじゃわかんないっ！」

「アサ、ちがうんだ。こいつウソはついたけど、それで本当に好きなのはアサだって気づいたんだよ」グっさんは立ち上がって、桜の木に近づいた。

「……ちがう。ちがうよ」

私は隆二を見下ろした。

「ちがわないよ。こいつ、マジでアサに惚れてんだって。な、隆二」

「ああ、それは本当だ。アサ」

「……ちがうよ。ちがうんだってば！」

やっとこっちを見た隆二に、私は叫んだ。

隆二が私を好きかどうかなんて、そんなことを聞きたいんじゃない。隆二は、私が中絶の後遺症でどれだけ苦しんでいるか、知っているはずだ。

「……隆二、ねぇ、わかんないの？　ウソつくなら、もっと他にネタあるでしょ」

「……」

何で、わざわざ私が一番傷つくウソをつくるのか。そんなこともわからなかったのか。


いつの間にか風はやんでいて、桜吹雪は消えていた。


二年と五カ月ぶりに実家に帰ると、母が縮んだように見えた。

母にそう言うと、

「縦に縮んで横に広がってるのよ」

と言い返された。

父も白髪が増えている。そんな両親を見ると、時は過ぎていっていることに気がついた。親孝行せねば、という思いにも、駆り立てられる。

田舎は、戻ってくるたびに、思い出の場所がなくなっていた。小学生のときに遊んだ秘密の基地も、犬の散歩をしたレンゲ畑も、中学生のときにタムロしていた学校の裏庭も、今では住宅地や道路になっている。

「もえ、いよいよ来月だねぇ。怖くない？」

「ああ、それよりもう早く産まれてほしいわ。背中が痛くて辛すぎる」

もえのお腹は、前に懸賞で当たった巨大スイカよりも大きくなっていた。もえのへっぴり腰では、荷が重そうだ。私はそのお腹に触れたとき、手の平がざわついてためらったけど、そのまま触れていると、次第にぬくもりだけを感じるようになって、もえのお腹に愛着が湧いた。

「あさこ、背中マッサージして」

「はいはい。じゃあ横になって、体ごと左向いて」

もえは言われたとおりにした。

私はマッサージに、もえは気持ちよさに集中するにつれ、お互い無言になっていった。

もえはあれからすぐ、日本に帰国してきた。

ジョシュアとは、どうなったのだろうか。もえは何も言わない。今は無事に子供を産むことが先決だから、誰も、何も言わなかった。

たまにジョシュアから電話があると、母は「あら、まぁ、はろぉ、いえす」と、田舎にはいない異国の人に興奮しながら、もえに取り次いだ。「お母さん英語話したわよぉ」と嬉しそうに言ってくるが、ひらがな英語でＨｅｌｌｏ、Ｙｅｓと言っただけ。

私はのん気な母に呆れた。親なら、通じない日本語でもいいから、ガツンと言うべきだ。

ジョシュアが何を言っているのか知らないが、電話を切った後、もえはいつも一人で泣いているのだ。「どうしたの」と聞いても、「知らない」と、話す気にもなれないようだ。どうせジョシュアは、もえの苦労も知らないで、無神経なことをペラペラと言っているのだろう。

私は、この世から抹殺したいくらい、男が嫌いになっていた。友達ならいい。相手を男とみなした時点で、嫌悪感を抱いてしまうのだ。

「そういえばあさこ、最近隆二くんの話しないね。飽きたの？」

マッサージが終わると、もえはスッキリした顔で聞いてきた。

「はんっ。あんなヘタレ、別れてやったよ」

私は疲れて、肩をまわした。

「はやっ！　あんた、それでまた親父くさくなったの。隆二くんとつきあって、おばちゃんくらいにはなってたのに」

「オヤジでけっこう。近ごろの男はだらしがないから、私、男塾でも開こうかしら」

「ははは。あんた似合いそう、道場とか」

「でしょ〜。流行りそうじゃない？」

今回の帰省期間は、かなり長めだった。その間、もえの妊婦生活を目の当たりにすることになった。

私は、五人目の子がお腹にいたころの彼の奥さんを思い出していた。もえは今、家族に助けられていても大変な思いで日々を送っているのに、あの人は一人で四人の子供を育てながら、妊婦生活を送っていたのだ。私が彼を奪っていたから。奥さんは妊娠中、一度入院していたことがあった。彼が気軽に言うので、私も軽く聞き流していた。

私は、自分があのとき、奥さんとそのお腹の子をどれだけ苦しめていたか、今さらながらに思う。それでも奥さんは強く、笑っていたのだ。私がかなう相手じゃない。私は、あらためて彼女に尊敬の念を抱いた。女としても、母としても。

あれは、カルマの法則だったんだ。
私は、自分で蒔いた種を自分で摘んだ。
ただ、それだけのことだった。
私は母にもなれず、女にも戻れなかった。

第四章　空が青いわけ

1

会社に出戻りして約一カ月。借金返済の見通しも立ち、余裕とまではいかないが、私はやる気で溢れていた。真面目に頑張れるのには、もう一つ理由がある。

お風呂場でコウと手を洗っていると、もえがスプーンに何やらすくって持ってきた。

「あさこ、ちょっとコレ味見して」

「何、スープ?」

私は恐る恐る、その白いスープを口にした。

「あっ。うまぁ〜い!」コウの口真似をして言った。

「ひゃははははっ」ウケるコウ。

「でしょぉ。美味しいでしょー」

そう言って台所に戻っていくもえを、私とコウは追いかけた。台所は少々荒れていたが、鍋の中ではさっきのスープと思われるものが湯気を漂わせて、やわらかい香りを放っていた。

「へぇ〜。牛乳のネギスープかぁ。やるじゃん、もえ。こんなの作れたの？」

「実はね、お昼に本屋さんで立ち読みして、メモってきたの。ほら」

もえは手の平に収まるくらいの、くしゃくしゃになったメモ用紙を私に見せた。

「こっ、これは！　もえにしか読めないね」

「店員さんにバレないように急いで書いたの。私レパートリー少ないから、それじゃあコウも飽きるだろうし」

「えらい！　えらいぞもえ。これ本当に美味しいよ。私も今度つくろー」

「あ、コレね、すごく簡単なの」

もえは嬉しそうに、スープのつくり方を教えてくれた。

もえは、掛け持ちをやめて、水商売一本で頑張り始めていた。最初はどうなることかと不安だったが、三人で晩ご飯を食べる機会も増えて、私たちなりの充実した日々を送れるようになった。

そして私は何よりも、この、もえが作ってくれるご飯が一日の中でいちばんの楽しみだった。仕事が終わりに近づいてくると、今日のメニューは何かな〜などと考えていて、気がつくとまっすぐ家へ帰っている。どんな料理よりも、もえが一生懸命作ったご飯が美味しかった。毎回「美味しい？」と聞いてくるもえが可愛く思えて、なんだか新婚の嫁を見ているようだった。

ランランラン♪　ランラ~ラランラン。

もえの携帯電話が鳴った。

「こぉ~ら、一家の団らんを壊すのは誰だ」

「もーうるさい、あさこ」

もえは電話に出ると、隣の部屋にこもって、そちらに専念した。コウにご飯をあげている途中だというのに、そんなこともおかまいなしだ。

「コウ、マミィは放っといて、二人で食べようぜぃ」

もえに、彼氏ができたのだ。おかげでもえはイキイキしている。もえのそんな表情を見ると、私も嬉しくなった。ただ、相手はかなりのマメ男のようで、頻繁に電話やらメールやらしてくる。普段はかまわないのだが、私が何よりも楽しみにしている家族団らんの食事中にかけてくることだけは、とても不愉快だった。コウも、もえのほうを気にしている。

私たち家族は、やっと一つになれた。たくさんの人たちに支えられ、たくさんの気持ちをもらって、お金ではない本当の豊かさというものを知った。私たちはとても豊かだった。それは壊れることなくどんどん大きくなって、確かなものになってゆくはず。

なのに、私は一体何に怯えているのだろう。

もえを笑顔にしてくれたその彼に、私は感謝している。けど心のどこかに、食事中に電話をしてくるその彼を邪魔者に思う自分がいた。

2

「あああーーっっ！」

……自分の叫び声とともに目を開いた。だけど目の前は真っ暗で、状況がつかめない。口も開いたまま。

「……ぷっ、くっくっくっ」

しだいに目が暗闇に慣れ、コウが起きないよう笑いをこらえているもえの姿が見えた。

「くっくっ、あ、あさこ、ヤバイよそれ。久しぶりに聞いた。……くっくっ」

前にも一度、もえに聞かれたことがあった。そのときは、起きてからもえに言われて初めて知った。もえは変な顔をしてみせ、「あーー」と私の真似をして笑った。だから私も、笑ってごまかした。

「……あっ、ははっ。びっくりした～」

「こっちがびっくりするよ！　なんなの、あさこのソレ」

「……さぁ。疲れてるんじゃない」

そんな朝は、季節に関係なくびっしょり汗をかいている。そして、起き上がって動いているうちに、夢の内容を具体的に思い出してくるのだ。まるで、「忘れるんじゃないぞ」と言われているかのように、あの出来事が突然、私の中に蘇る。

二時間後、私は出勤してもまだ現実に戻れないでいた。毎回のことだが、この状態は当分続く。頭の中では切り替えても、体中が苦しい。頭と体をつなぐ回路がシャットダウンされて、体は窒息して腐ってしまいそうだ。

「河乃さん、今日元気ないね。お姉さんと何かあった？」

休憩室でぼんやりとテレビを見ていた私に、ナオさんがメイク直しをしながら言った。

「いや……。夢見が悪くて」

「夢？　心配事でもあるの？」

ナオさんのことは前から知っていたが、仲良くなったのは出戻りしてからだった。彼女には三歳の男の子がいて、話が合うからすぐに打ち解けた。スタッフの中で子育てをしているのは、私たち二人だけだったのだ。

「心配っていうか、コウのことではちょっとヘコんでるかな」

「コウちゃん、何かあったの？」

「んー……。私じゃ、ダメなんだよね」

「ダメって？」

「……なんか、だんだんコウの中で、私の存在が薄くなってるの」

「あー、わかる」

ナオさんはリップグロスをつけようとして、手を止めた。

「ウチも私が働いて、旦那が子供といっしょじゃない。いっつもパパ、パパで、『ママ嫌い』って言われたときはさすがに参ったわ」

「えええ～！　ショック。そんなこと言われたら私泣きそう」

「うん。泣く」

私はリモコンでテレビの電源を切った。

「ナオさんはすごいよ。こんなに稼いでる上に、家事もやってるんでしょ。大きくなったら、子供もママの偉大さがわかるよ」

「それを願って頑張ってるんだけどね」

「うん。……でも、やっぱり悲しいね」

「うん。悲しいね」

ナオさんにつられて、私もメイク直しを始めた。

私たちはメイクが濃い。マッサージルームが暗いからというのが一応の理由だが、本当はちがう気がした。

私は、仮面をつけるように、色を重ねていった。

久しぶりに寄り道をして、酔っ払った。まだ飲みたかったが時間切れとなり、私はその足で、半分しぶしぶ、半分急いで、コウを迎えにいった。

コウを乗せたママチャリは、久しぶりに乗るせいか酔っ払っているせいか重たくて、私は波を描きながら進んでいる。

「こんなこっといっいなっ♪でっきたっらいっいなっ」

熱《ほて》った頬に風が冷たくて気持ちよかった。

「あんなゆっめ♪こんなゆっめ♪いっぱ～いあるぅけどぉ」

選曲は子供向けだが、私は自分のために歌っていた。

コウと自転車に乗るようになってから、私はいろんな空を見ていた。今日の夜空は、とても不思議な色をしている。空に星はなく、夜だというのにはっきりとした深い青で、雲は光るように真っ白だった。それは、朝でも昼でも夜でもなく、そういう、空。怖いくらいにキレイだった。

チャッチャヤッチャヤランチャヤッ♪

「おっ！　コウ、誰だろうねぇ」

私はブレーキを握り、カバンの中から手探りで携帯を取り出した。

さよちゃんからだった。ボタンを押し、話しながら再びペダルをゆっくりこぎ始めた。

さよちゃんとは正月に会って以来で話が盛り上がる。

「……あっと。さよちゃん、ちょい待ちねぇ」と言って、自転車から降りた。

帰り道の中で、いちばんやっかいな坂にさしかかったのだ。距離自体はたいしてなく、普通なら一息で上り切れるような坂なのだが、コウを乗せていてはさすがに無理だった。

わざわざ自転車から下りて押して上ることが、いつもしんどい。何度も言うが、このマチャリはシラフでも重たいのだ。

「はぁ、はぁ、はあ～。もしもし？」

急に息を切らした私の声にさよちゃんが驚いていたので、その説明をした。

私は片手でハンドルを持ち、橋の上を歩きながら電話を続けていた。まっすぐ歩いているつもりだった。

私はさっきからコウを見ていなかった。

ほんの少し、自転車を支えるバランスが崩れてしまっただけだった。そのちょっとした不均衡を私は立て直すことができず、携帯を放り投げてコウを抱えようとしたが、手が届かず、コウを乗せた自転車は、私の反対側に、真横に倒れた。コウは椅子に座ったまま、コンクリートの地面にたたきつけられた。その流れは、コマ送りのようにすごくスローに写っていたのに何もできず、奇妙な残像として頭に焼きついた。

コウも私も呆然としていて、泣き声と叫び声が響き渡るまで、少しの間があった。

地下にある職場の更衣室は、じめじめしていてカビ臭い。天井には捨てるに捨てられないクリーニング屋の青いハンガーが吊るされ、ほこりまみれになっていた。普段視界に入らないから、誰も何とかしようなんて思わないのだろう。私だって、今初めて気づいたくらいだ。

出勤して制服にも着替えず、私はロッカーを開けたまま、床に座り込んでいた。

昨日の恐怖心が、いまだ抜けない。それをあおるかのようにあの映像が流れる。そして、実際には起きてもいないことを想像して、自分で自分を追い詰めていた。もし、あのときもう少し右側を歩いていたら、コウはガードレールと自転車にはさまれて、骨を折っていたかもしれない。川に落ちて、死んでいたかもしれない。コウの石頭のおかげでケガはなかったが、打ちどころや落ち方が悪ければ、コウは血まみれになっていたかもしれないのだ。想像とはいえ、どれも十分にあり得たことだった。どこまでも不注意だった自分に嫌気がさす。

「あれ～、どーしたの河乃さん」

「あー。おはよぉ」

ナオさんが出勤してきた。

「……あのさ、ナオさん」

私は、怖くてまだもえには言えずにいた昨日の出来事を懺悔《ざんげ》するように、ナオさんに話した。

「えっ！　それで大丈夫だったの、コウちゃん」

「うん。でも夜中で救急病院だったから、念のため今日また来てくださいって。今朝もえに置き手紙してきたんだけど……」

「そっかぁ。でもよかったよ。何もなくて」

「でもホラ、ああいうのって、後になって症状が出てくるから、まだ安心できなくて」

「そうだね。でもきっと大丈夫よ。子供って意外と頑丈にできてるんだから。私なんて、もう何回それやったか」

「えっ、自転車倒したの？」

「うん。ママチャリって重たいでしょー。スーパーの帰りとかよくやったわ。あの子よく暴れるから、私もいっしょに倒れたことあるし。もちろんヒロだけ倒したこともあるよ」

「そうなんだ……。ヒロくん大丈夫だったの？」

「それが何回も落としてるのに、無傷よ！」

「へぇ～」

「そりゃね、初めて倒したときは気が気じゃなかったわよ。ヒロもすごい泣き方するし。だけど何事もなかったんなら、気持ち切り替えないと身がもたないじゃない。私の場合は少し反省不足だけどね」

他にも経験者がいることを知って、自分に対する嫌気は少しだけ和らいだ。最近特に、コウのこととなると敏感になりすぎている。

「ああ、いたいた。二人とも探したよ」

「あっ、おはよぉツカちゃん」

すでに着替えているツカちゃんが、入り口に立っていた。

「昨日かぼちゃのサラダ作ってね、うまくできたから持ってきたの。朝ご飯まだだよね？」

「きゃぁ、すごいわ大塚さん！　いいお嫁さんになるわよぉ」

「うん！　私の嫁になっておくれ、ツカちゃん」

「あははは、もっと言って～」

私は、もえが起きる十時ごろに電話をして謝った。

もえも少しオロオロしていたが、あらためて病院に行き、何でもないことがわかると落ち着いてくれた。そして私はもえに怒られ、実家の母からも電話で叱られた。

私はそれ以来、コウを乗せて走る自転車のハンドルを、必要以上に強く握り締めるようになった。

3

三人の生活が始まって一年が過ぎた。一年前に目指した生活とはかけ離れているが、私は、悪くないと思っていた。

そんな折、コウが高熱を出し、三度目の入院をしてしまった。

もえはコウに付き添うことを拒否して、病院側に完全看護をしてもらうように頼んでいた。私が怒り口調で「どうして」と聞くと、もえはふてくされて「もうしんどい」と言った。これまでの入院生活を思い返すと、たしかにもえが心身ともに疲弊《ひへい》してしまうことになるのは予想がつき、私はそれ以上言い返せなかった。

コウのいない食卓はほとんどがカップラーメンの食事で、会話もあまりなかった。あるとすればコウのことでのケンカばかり。私が「しっかりしろ」と言えば、もえは「あんたに何がわかる」と語気を強める。

しんどいからと、コウのことは病院にまかせて家にいるのに、もえは日に日に思いつめた表情になっていった。

「もえ、今日は病院に行ったの？」

もえは、病院へ毎日は行っていなかった。

「うん。朝行ってきた」

「様子どうだった？」

「うん……」

「どうしたの」

何か考えているが、言葉が出てこないようだった。

私は立ち上がり、カップラーメン用のお湯を沸かした。

「もえは？」

「ユーフォー」

叱ってもえを何とかしようとすることはもう諦めていた。かといって、他の方法も見つからない。

もえのソース焼そばと自分のわかめラーメンを持って、テーブルに戻った。

「コウね……」

「うん」

「夜中ずっと泣き叫んでるんだって」

「……」

私は一呼吸置いて、ラーメンを食べ始めた。もえは箸で麺をいじっているだけで、食べようとしない。かわりに、ポツリ、ポツリと話し始めた。

「今日なんてね、私が行って、やっと泣きやんだんだって。帰るとき私にしがみついて離れなくて、また泣きわめいて……」

「コウ、不安なんだろうね」

病院に行ってコウの泣き顔を見るたびに、もえは自分を追い詰めているようだ。家にいるとなおさら、コウのことを思うと胸が張り裂けそうだと言った。

「家にいても病院にいても辛いのがいっしょなんだったら、コウのそばにいてあげたら」

なぜか、冷たく言ってしまった。それをごまかすようにラーメンカップで顔を隠し、スープをすすった。もえはしばらく考えているようだったが、箸に巻きついていた焼きそばをようやく食べ始めた。

次の朝起きると、もえはいなかった。

仕事中に〝コウといっしょに病院にいる〟とメールが入った。もえは夜中、いてもたってもいられず、自転車をこいで病院に行ったようだ。

もえが付き添ってコウの熱も下がり、それから二日後に退院した。

4

「トーマス」のおもちゃと果物とチョコカード。そこに赤と黄色のロウソクをさして、火をつけた。電気を消して、世界一のパーティーが始まった。

ケーキの周りには三人それぞれの大好物が並べられている。去年とはちがい、私たちの成果が見られた。

コウは相変わらずロウソクを吹けずにいるが、「ちゃちゃ」(お茶のこと)と言えるようになったし、手すりにつかまって、階段を上れるようにもなった。初めてその姿を見たとき、私は大感動で急いでもえに伝えたが、もえに「あれ、知らなかったの」と言われ、大ショックだった。

二歳の誕生日は、一歳のときとはまた別の喜びが、私にはあった。それはロウソクをさす瞬間。その一本一本に重みがある。数が増えてゆく喜びはもちろん、一本のときも、二本のときも知っているという喜び。三本のときもそばにいられたら、と願った。

「もえ、いちご教室はどうなの」

もえとコウは、成長が遅い子供のために区が開いている「いちご教室」に通っていた。毎週金曜日に開かれている。

「全然ダメっ。コウ照れまくって、ずっと手で顔隠してるんだよ」

「しっ、ばか。コウに聞こえるでしょ」私はコウ側の手で口を隠し、小声で冗談っぽく言った。けど、少し本気でもあった。

「あはは、わかってないって」

コウはさっきから、テーブルの上のたこ焼きに夢中になっている。

「でね、言葉遊びっていうのがあって、周りの子供たちはちゃんとできてるの」

「コウは?」

「だから、まったくダメ。先生に声かけてもらってもね、ぶっさいくな声で、んああ～って叫ぶのよ! もう私、恥ずかしくて」

「ははは、面白そうじゃん。でもコウはホント、人見知り激しくなったよねぇ」

「そう。さっきもたこ焼き買いにいったら、おじぃちゃんから逃げてた」

「うわぁ、じいちゃん、つらかっただろうね～」

「悲しそうだった。そのあとお客さんで来たお姉さんたちには、愛想振りまいてたけどね」

「やっぱ男の人と接することがないのは、影響大なのかなー」

「でも託児所に男の先生いるよ。マイク」

「たまに会うだけでしょ。……もえ、最近ジョシュアからは連絡きてるの？」

もえはこっちに来てから、一度もその名前を出さずにいた。

「……おとしの十二月くらいかな。日本に行くとか、手紙に書いてあったの。だから、一人で来れるんならおいでって言った。それっきりかな。よく覚えてないや」

「もえからは連絡しないの？」

「うん。もう彼女いるかもしれないし。電話して女が出たら耐えらんないし」

「……そうだね」

私は頭の中がぐちゃぐちゃしていて考えがまとまらず、話はそれで終わった。

「あーっ！　たっ、たこ焼きがない！　コウ、全部食べたの～？　アサちゃん三個しか食べてないんだよぉ」

「ひゃはははっ」

私の悲しみをよそに無邪気に笑うコウ。口の周りや手の平が、ソースと青のりでべたべたになっている。犯人は一目瞭然。

「何言ってるのあさこ、これはコウのために買ったんだから、三個ももらってありがたく思ってよね」

「もえ、私はね、一人っ子のコウがわがままにならないように、あえて心を鬼にして、いつも悪役やってるんだよ」

「卑しいだけでしょ」

テーブルの上のごちそうは、あっという間になくなった。

今年の夏は涼しい。扇風機も、まだあまり活躍する機会がないくらいだ。

食事が終わると、私はそのままごろんと大の字になった。もえはコウをだっこして座り、二人でいちゃいちゃしている。

「あ~、コウって本当可愛いよねぇ」

「何を今さら」私は鼻で笑った。

「あさこ、何よその格好。お腹とかヤバくない。あんたまだ二十三でしょ」

「コウを育てるためにたくましくなってるのよ。あんたの細腕じゃ頼りなくて」

私は天井を見たまま返事をした。

「コウのせいにしないでよね」

「すんません」

「あさこ、二十三歳って若いって言われる最後の歳よ。青春ぎりぎりよ。男もいない上に所帯じみて、どんどんおっさん化してるし……それでいいの？」

誰のせいだ、と言いそうになったが、恩着せがましいし、私が好きでやっていることなので、その言葉は飲み込んだ。

「はんっ。意味なくチャラチャラしてるヤツらより、よっぽどいいと思うけど。あんただってまだ二十七なのに、それでいいの」

私は起き上がってもえを見た。まだコウといちゃついている。

「私はアメリカで開花してたもの。今はコウがいるし。ねー、コウ。コウはマミィのたった一つの宝物だもんねぇ」

そう言ってもえは、コウにチュッとした。そして、私を見た。

「うらやましいでしょ～。あんたには何にもないもんねぇ」

見せびらかすように、コウとほっぺを合わせて抱きしめている。


「……べつに」

私はテレビをつけた。

いちゃついている二人の声が、耳ざわりだった。

何でもいいから何かに集中しないと、またあの暗い世界に引きずり込まれそうだった。もえは私の過去を忘れたのだろうか。もえは知らないのだろうか。私は、もえにあの話をしたかどうかすら、あやしくなってきた。

もえの言葉は、私の中を不気味なほど静寂にした。

私が感じられるものは、コレだけだった。

鬼哭啾啾《きこくしゅうしゅう》という言葉がある。鬼哭とは霊魂が泣くことで、啾啾はその泣く声をあらわしている。でも私はこの言葉の使い方をよく知らない。悲しみに使うのか、恐ろしさに使うのか。

私にはコウの泣き声が、あのときのあの子と重なって聞こえることがある。そして今でも、どこにも行けずに泣いているのではと。

でも実際にはそれはコウの声であって、私の中で泣くあの子は私の空想にすぎない。私は、あの子の泣き声すら知らないのだから。形も音も何も与えてあげられなかったあの子を、私は想像するしかない。その想像は私の勝手すぎて、あの出来事もじつは私の空想で、私の中に私以外の命など、そもそも存在しなかったのではないか、とさえ思ってしまうことがある。

無数の霊魂の声が聞こえてもいい。泣き声でも叫び声でも、それが恐ろしくてもいいから、あの子の声を探せるのなら、私は、鬼哭啾啾というものを聞きたい、と思った。

5

薄くて青黒い空から、赤い光が降っている。大地はその光に染められ、たとえようのない、奇妙な空間が広がる。見渡すかぎりの山。そして、道が延々と続いている。

私はいつの間にか車椅子に座っていて、二人の人物に押されていた。進んでいるのは自分の意志なのか、別のものなのか。私は、後ろを振り返ることができず、誰に押されているのかもわからない。その二人は無言のままだった。

遠くの右側に、四角いクリーム色の、いや、白が黄ばんだような色合いの、ヒビの入った建物があった。建物全体はフェンスに囲まれている。その建物以外には何もないのに。守るためではなく、まるでそこから何かが逃げ出さないようにしているみたいだ。

どうやら私は、そこに向かっているようだ。

建物の中は暗くて汚くて荒れていて、ほこりをかぶった椅子と長細い台しかなかったが、私には、ここが病院だとわかっていた。

二人は私を台の上にのせた。私は抵抗せず、「お願いします」と言っている。その私は、まったく、何も考えていない。

私は私に、もっと考えろ、ダメだ、と訴えた。

なのにまだ、私は静かに横になっている。

私は、何度も何度も何度も訴えた。それでいいのか、なぜ平気でいるのか、ダメだ、もうやめろ、と。

でも、届かなかった。私は笑みすら浮かべ、みんなと世間話などしている。

そして男の人が、私に触れた。

「あー、ちっちゃいよ、出てきた出てきた。ほら」

男の人は、私にそれを見せた。

私は、それに触ろうとしない。

でも私はこの手にしたくて……。

なのに、私はもう帰ろうとしている。

私はもう一度、黒ずんだピンク色の、とても小さなその姿を見た。それが何なのか、答えは、私の胸に鋭く重く、飛び込んできた。

私が殺した、私の子の、死体……。

「ああああーーっ！」

無機質な叫び声で目が覚めた。

この数カ月、私はよく見る同じ夢に傷をえぐられていた。生々しすぎるその夢に、私は起きてもなお、その感覚を味わうはめになる。いったい、いつまで、私はこうしているんだ。やはり、罪は万死に値するのか。

「うぎゃあああ〜んっ」

身支度をしていると、隣の部屋からコウの泣き声が聞こえた。こちらの部屋の明かりがもれたのか、起こしてしまったようだ。ふすまをバンバンたたいている。

私はふすまを開けた。

「うあああ〜ん」

「あー、よしよし、どした」

コウは私にしがみついて泣いた。こんな姿は可愛くて、嬉しい。

そしてコウは、顔を上げて私の顔を見た。

「…………」コウは目を見開いて泣きやみ、私の手から離れた。

「コーウー。何してるの、おいで」もえが、布団の中からコウを呼んだ。コウはその声を聞いて走ってもえのもとへ行き、「うあ〜ん」と一声泣いた。

いつものことだった。コウは寝ぼけて私ともえを間違え、母が自分を置いて出ていったと勘違いしてしまうのだ。たいしたことじゃない。なのに、私はいつもここで、胸にぽっかりと穴が空く。コウに私は必要なく、私には何もないことを思い知る。

もうコウは私に甘えなくなってしまった。コウは私の前では泣かない。むしろいい子にしている。そしてもえが帰ってくると、それまで抑えていた涙を一気に流すのだ。

私はコウとどう接すればいいのか、わからなくなっていた。いや、コウが甘えなくなるより前に、私がコウを突き放す態度をとり始めていたのかもしれない。その辺りはもう、あやふやになっている。

「あっ、もしもし。今日遅くなるから、コウは託児所に連れていってね」

「え〜、また急に言わないでよ。お金もかかるんだから。遅いって、何時？」

「そんなのわかんないよ。だいたい、私がコウを看てるの、当たり前に思わないでよね」

「はぁ〜？　何なのっ、むかつくっ」

……プー、プー、プー……。

もえは気にくわなくなって言葉に詰まると、すぐに電話を切る。切られた私はそのまま壁にもたれて、携帯の待ち受け画面を見る。

私は、家族とではなく、自分の幸せを探していた。今のままでは、本当にすべてをなくしてしまうのではと不安だった。だから自然と、もえとコウに極端に厳しくなってしまった。もえは、もっと強くならなければいけない。コウは、もえの子供。私の子供ではない。コウはこの先もずっと、もえと生きていかないといけない。もえは、ちゃんとコウと向き合い、コウはもえとの生活に慣れないと……。だから、結局……私は何がしたいのだろう。

私は携帯を二つに折りたたみ、両手で握りしめた。

困惑の日々は強まる一方。最後に見た初夏の空は凍りついていて、焼ける臭いがした。

私は、周りも自分自身も何も見えない街の中に帰っていった。

6

最近知り合った男友達から、「もし妊娠したら、どうしたい？」と聞かれた。不意打ちを食らった私は、クイで胸を突かれたように動けない状態になってしまった。そんな私に、友人は続けて、「男は何て言うべきだと思う？」と言った。少しの沈黙のあと、私は、堰《せき》を切ったように話し始めていた。

「好きな人の子供なら産みたいよ。でも子供ができたからって理由で、責任とって結婚されるのは嫌だね。土下座しておろしてくれって言われたほうがありがたいわ。男にできることはお金くらいじゃない。あとは二度と無責任なセックスをしないことね」

「実は、昔中絶させてしまった彼女からメールがきたんだ」

「何て？」

「いや、元気？　どうしてるの？　だけなんだけど。俺、何て返せばいいのかわからなくて、そのままなんだ」

（何でそんなこと、私に言ってくるんだコイツは！）

彼は中絶させてしまったことに、負い目を感じているようだった。

「それでいいんじゃないの。私が彼女だったら返事しないでほしいもの。本気で好きなら別だけど。同情とか罪悪感でならやめときな。彼女が前に進めなくなるだけだよ」

彼は、「うん。そうだね」と、まだ何かを言いたそうな感じで話を終わらせた。

私は彼の考え込んでいる様子を見て、自分の子供をおろさせた男の心境というものを聞いてみたい気持ちになった。引きずって悩んでいる男もいるのかもしれないと、ようやく思えた。けど、どうせ馬鹿げた悩みだろうと思い、やっぱり聞くことはなかった。

だけど。例えば男は産んでほしいのに女がおろすケースもあるワケで、そんな場合、その男はいったい何を感じるのだろう。

今の私には、男の気持ちなど、何一つ想像もできなかった。


特につきあいが深いわけではない女友達四人で、お茶をしていた。

五人目のその彼女は、少し遅れて現れた。とたん、

「えっと……妊娠しました」

「……ええぇ!」三人が声を上げた。私は、それを口にした彼女の優しい表情に見とれ、同時に、体の中がドクドクした。

「どうするの？」

「産むの？」

「相手って、あの彼だよね」

ニヤける彼女を三人が質問ぜめにしている。

「まだわかんないよ。彼も私も経済力ないし、他にも問題あって……たぶん結婚はムリだし」

穏やかな顔をした彼女は、真剣に悩んでいた。

「え〜、産んじゃえ産んじゃえっ」

勢いよく、一人がしゃべり始めた。

「二人の子供なら、絶対に可愛いよぉ」

他の二人も、「そうだね」とうなずいている。私は軽いノリには加わらなかった。

「産んじゃえば周りも協力してくれるよ。何とかなるって」

虫酸が走る。

「ねぇ……」

私は、のどの奥から出てくるものを押さえきれずに、中途半端な意見をした。

「そりゃ、何とかなると思うよ。でもその中身わかってる？　何とかなるっていうのは、何とかする覚悟を決めて言えることなんだよ」

私の静かな言葉には怒りがこもっていた。みんなそれに気がついて、会話に勢いはなくなった。

子供を見て可愛いと思うことと、育てて可愛いと思うこととはまったくちがう。育児経験もないのに、どうしてそんな勝手で軽薄なことが言えるのか。もっともっと言ってやりたかった。なのにストレートに怒りを吐き出せない自分が、たまらなく情けなかった。

あの出来事があって以来、なぜか私には妊娠ネタがつきまとう。

彼女は結局、悩みぬいたあげく、妊娠中期に入ってから中絶した。

中期手術は死産となるため、埋葬が義務づけられているとか。初期も中期も命に変わりはないのに、おかしな決め事だと思った。

そして私は、中絶の真実を何も知らないで、この四年間、自分が気楽に生きてきたことを、あらためて知ることになった。誰も教えてくれなかった。私も知ろうとしなかった。命のゆくえを。

さよちゃんは夜勤明けだというのに、電車で三十分の待ち合わせ場所に来てくれた。

夜勤というのは助産師の仕事で、実はこちらが本業。こんな身近に専門の人がいたのに、私はさよちゃんにあの話をするのは初めてだった。

自分が犯した罪を、涙もなく淡々と言葉にする私。悲しみに浸って話すのは、過去の自分を美化するようで嫌だった。かわりに、さよちゃんが苦しそうにうなずいていた。四年前の自分を冷静に具体的に話すことで、記憶は整理され、あのときの私には抱けなかった疑問が湧き出てきた。

世間が夏休みのおかげで、平日の朝だというのにファーストフード店は朝から満席だった。

大きな声で話す内容ではないが、にぎやかな店内のせいか、感情のせいか、私もさよちゃんも、徐々に声を上げていた。

「私、こんなに引きずっててておかしいのかな。……周りの中絶経験ある人たちは、けっこうあっさりしてるの。でも本当は辛いんだろうなーって思ってたんだけど、やっぱりあっさりしてた。……私、弱すぎるのかな」

「そんなこと絶対にないよ。中絶で受けるダメージは、精神的な後遺症がいちばん大きいのも事実だし」

「そうゆう人、病院に来るの?」

「うん。フラッシュバックや男性恐怖症でセックスできなくなったり、罪悪感からくるストレスで体調悪くしたり。でも病院は薬を出したり、大丈夫って言って終わりなんだけどね」

「どこか、ケアしてくれるところの情報とかはないのかな」

「うーん……。カウンセラーを紹介してくれるところもあるみたいだけど、ごめん、詳しく知らないんだ」

「そっか。きっと、ごく少数派なんだろうね。私、さよちゃんと知り合ってから初めて心理学っていうものを知ったの。それから興味が出て、いろんな本読みあさったよ。何回かカウンセリングも受けたし。結局、どれもキレイ事で都合がよすぎるって思っちゃうんだけど。でもね、あのときそういったこと知ってたら、もう少しマシだったかなって思うよ。十九歳のときの私は、何も知らなすぎたよ。それで病院を責めたこともあった。『こんなに苦しいのに、なんで何のケアも情報もないの！』とか、手術中の医者の言葉が頭から離れなくて、『訴えてやる』とか。けどね、病院とか彼とか、いろんなものを責めてもさ、最終的には自分に戻ってきて、すべてはおろした私が悪いってことになるんだよ」

「アサちゃん。アサちゃんと同じ問題でカウンセリングに来た人たちはね、みんな同じこと言うよ。みんな、自分を責めすぎてボロボロになっちゃってる。でもね、私思うよ。そんなに悩んで苦しいほど、子供のこと愛してたんでしょ？　いなくなった今でも、そんなに想ってるんでしょ？　アサちゃんの子供は、すごく幸せなんじゃないかな。アサちゃんにできる精一杯の方法で、子供を守ったじゃない。姿がなくても、今も変わらずこんなに想い続けてるじゃないの。お姉さんが辛いときにコウちゃんが泣いてしまうみたいに、アサちゃんが苦しんでたら、アサちゃんの子も悲しいんじゃないかな」

「……なんか、私たちって、霊とか魂の存在がある上での話してるよね」

コウが泣くのは、大好きなお母さんが辛そうだからで、私の場合はあの時の子に嫌われているほうが確率が高いような気がする。

「アサちゃんは信じてないの？　私はあると思うけどな」

私がしたことは、「守った」と言えるのだろうか。彼の家庭や自分の生活を守ったとは言えるが、あの子を守ったと、言えるのだろうか……。

「信じてないわけじゃないけど。中絶の精神的後遺症とやらについての本を探してたんだけど、そんな本はなくてさ。行き着いたのが心理とか精神世界とか、心霊学とかなんだよね。書いてあることはわかるんだけど、自分の罪を振り返ると、どれも理想論に思えちゃって。学問で癒されることはないし、結局は自分で答えを出さないとね」

そして私は、Lサイズのコーラを飲み終えて、聞きたかった質問を投げかけた。

「このあいだね、中期手術した友達がいてさ、中期に入ってもおろせるって初めて知ったの」

「うん。中絶は二十一週末まで可能なんだけど、十二週からは手術の方法が初期とは違って、大変なの。……日本は法律上中絶の自由はないのに、社会は中絶の自由を認めてるよね」

「法律は認めてないの?」

「んー……。堕胎罪ってゆうのがあって、原則としては中絶禁止なの。でも、別に母体保護法ってゆうのがあって、その中で中絶を容認する条件があるんだけどね。レイプによる妊娠とか、身体的、経済的理由がある場合とか……実際は不純な動機が多いし、それをまとめて母体保護のためとかいってるんだと思うけど」

「そうだったんだ……。私、今さら疑問がいっぱいでさ、中期の場合は死産になるから、埋葬して死産届けを出す義務があるっていうのも、初期だったら命として扱われてないみたいで、じゃあ初期でおろした子はどうなるんだとかさ」

「うん。アサちゃんの言うとおりこの問題は不条理なことだらけで、私もそれに耐えられなくなって、中絶をやってない今の病院に移ったの」

「え、どこでもやってくれるんじゃないの?」

「うん、ちがうよ。中絶することを認められている母体保護法指定医ってのがあってね。でも指定医じゃない医師がやってる違法な病院もあるし、初期はするけど中期はしないっていうところもある。前に勤めてた病院はね、少子化で妊婦さんがあまりいなくなって、経営が苦しいから、初期も中期もするようになったの」

「それって、中絶手術は儲かるってこと?」

「否定はできないね。でもまあ、その病院はきちんとしてたよ。病院によっては電話で予約さえすれば、その日に同意書もっていって簡単な説明して手術っていう、適当なところもあるから」

「え……」

「前の病院はね、通常どおり手術日含めて二日間かけてたし、何より先生が中絶にきた人にちゃんと向き合ってた」

「……そっか……」

私が行った病院は、「適当なところ」だったんだ。しかも指定医だったかどうかすらあやしい。

「でもどれだけきちんとしてるからって、私のこの手は赤ちゃんを受け止めるだけじゃなくて、殺すことにも使ってるんだって思うとワケわかんなくなってね……。結局、罪悪感に耐えられなくて辞めたの」

「さよちゃん……。そうだよね。実施する側の人だって、辛いよね」

「うん。でも他の病院の看護師仲間からはけっこうひどい話聞くこともあるから、どうだろうね」

さよちゃんは、少し投げやりな感じで言った。

「ひどい話って？」

「初期はね、掻爬《そうは》術っていう方法で、キュレットっていうスプーンみたいな器具を使って胎児と胎盤をかき出すか、吸引器で吸い取って、残りをキュレットで取るの。中絶は目に見えない手探りの手術だから、医者の感覚だけでキュレットを入れるんだけど。あるときね、周りのみんながキュレット入れすぎじゃないかって思ってたらしいんだけど、誰も言えなくて、先生はどんどんキュレット突っ込んで、子宮を破っちゃったんだって」

「……は？」

「慌てて子宮を縫って、手術後に普通に、『子宮が破けたので縫っておきました』って、いかにもやってあげた、みたいな言い方して」

「……それ、問題にならなかったの？」

「うん。そうですかって言って、あっさり帰っていったみたい。中絶した後の人はみんな、何も言わずに帰るから」

「……あ、そうか……」

私は、あのときどうして何も思わず、考えず、調べも聞きもしなかったのかを思い出した。

何もかもが、どうでもよかったのだ。

「あとね、さっきアサちゃんが言ってた、初期と中期の違いにも関係あるんだけど」

「うん」

「中期手術はね、分娩法っていって、陣痛促進剤を使って人工的に陣痛を起こすの。それで分娩するようにして流産させるから、死産とされるんじゃないかな。もう人間の姿してるし、埋葬か火葬になるんだけど、それを病院に任せる人も引き受ける病院もあるしね」

「人間の姿って、もうハッキリしてるの……？」

「うん。初期でも十週くらいならどっから見ても人なんだけど、かき出してる途中に破損して死んじゃうから……。中期の子はお腹から出てきた瞬間に、泣く子もいるよ」

「…………」

口をあけたまま、言葉が出なくなった。

「そのとき通常は注射を打つんだけど、ある先生がね、急にパニクってさ、洗面器に水ためて、その中に泣いてる赤ちゃん突っ込んで、死なせたって……。でもその先生、それからどんどん精神的にまいっていってるみたい。独り言増えていっつもブツブツ言ってるって」

さよちゃんも、しばらく唇を嚙みしめていた。

「それでね、アサちゃん。実は初期の中絶胎児の扱いは、今のところ法律がないの」

「……」

さよちゃんは、私の目を見て、言葉を選ぶように続けた。

「胎児を火葬するとか、何か条例を定めてる自治体もあるみたいなんだけど、それは一割くらいの自治体だって。他は感染性廃棄物として処理したり、お金のかからない一般ゴミとしたりが現状かな……。胎児は感染性廃棄物だ、一般ゴミだって争ってる裁判がたまにあるけど、どっちも違うよね。あと指定医じゃない場合は届出もできないし、通知もできないから初期でも中期でも、一般に処分されてると思うし……あっ、でもね、初期でも胎児を引き取るか病院側にお願いするか決められるところもあって……」

さよちゃんはその後も中絶の実態やシステムの話をしてくれた。私は自分に、この国に、絶望だった。人は欲に勝てないようだ。だから、学べない。歴史が繰り返されるのが、その証拠。振り返ればわかるはず。どんなに繁栄したって、命を粗末に扱えば、必ず滅びるのだと。でももしかすると、すでに滅びているのかもしれない。あるのは形だけ。中身は荒れ果てている。その手によって、このキレイな国も、滅びるのだろう。そうでなければ、地獄絵図だ。

私の子は、母親の意志と心ない医者の手によって命を絶たれた。唯一、その存在の証となるものはゴミと同じ扱いを受け、すべてを消された。

それが、あの子の死と、私の罪の、真実なのだ。

7

私の中には、二つの世界が共存していた。どちらも涙とは無縁の世界だが、笑いで満たされることもまたなかった。それでも、それなりにうまくやっていた。

先週は、今度のお祭りにもえが着ていく浴衣を見に、三人で商店街に出かけた。四点セットが三千八百円からと格安で、初めはいちばん安いものを買うと言っていたのだが、私ももえも、やはりいいものに目がゆき、結局、六千円の買い物をした。薄い黒地の浴衣に、淡いピンクの帯が映え、もえは満足気な笑みで「あさこに貸してあげてもいいよ～」と言っていた。

なのに、もえはその浴衣を着て出かけることはなく、私が一度袖を通してもえが行くはずだったお祭りに行き、この夏を終えることになった。

母からのヒステリックな電話が、またかかってきた。母は、もえの甘さに腹を立てていた。二人がキンキン声で言い合いをしたことは、簡単に想像がつく。

「もう、お母さん脳沸きそうよっ。まったくあの子は、気にくわないとすぐに電話切って」

母はコウの育て方についてもえに話をしていたが、もえのうっとうしそうな返事に腹を立て、ケンカになったようだ。どっちもどっちだ。

「だからさお母さん、コウのことをいちばんに考えないといけないのは、もえは嫌ってほどわかってるんだよ。それよりもえにさ、自分の幸せも大切にするように言ってあげてよ。私、ずっとコウを見てきたからわかるよ。もえの幸せが、コウの幸せにつながるんだよ」

「もぉ〜、もえのわがままにつきあわされて、コウがかわいそうよ。あんたも、いい加減落ち着きなさいよ」

母は私の話を聞いていないのか、また言いたいことを言い始めた。

私は疲れて、「ごめん、今仕事中だから」と電話を切り、大きなため息とともに、待ち受け画面を閉じた。

三人の生活はうまくいっているし、母ともえのケンカはいつものことだと、そう思っていた。ただ私から見て、もえの状態は母が言うほどひどくはないので、少し、不思議に思っていた。

家に帰ると、散らかったままの部屋が広がっていた。

もえはＤＶＤをつけて画面を眺めている。コウは一人いい子に、おもちゃ箱で遊んでいた。

コウがいい子にしていると、逆に心配になる。

「もえ、ご飯は？」

「ない」

「……あ、そう」

もえの視線は、画面に向けられたままだった。私はその前を通り過ぎて、コウの隣に座り、いっしょに遊ぼうとした。

「あああ〜んっ」

「…………」

コウは、まるで「さわるな」とでも言うように、私が手にした黄色いブロックを奪い取った。そしてまた、一個一個自分のものを確認するかのように、箱からブロックを取り出して遊び始める。いつもならここで負けずに、私も遊び続けるのだが、チクリと刺さったトゲはもう針山状態だった。これ以上刺さるのが痛すぎて、「二度と遊んでやるかっ」と冗談まじりに言って、その場を離れた。コウは黙々とブロックを取り出している。

私は着替えようと、脱ぎ捨ててあるジャージを拾った。その下には、根元から抜かれた電話のコードがあった。また、母とケンカをしたのだろうか。もえは黙っている。

「もえ」

「んー」

「母は口悪いだけだから、あんまり気にするなよ」

「うん。……なんか最近疲れてて、なんっにもしたくないよ。今日もまた、スーパーの惣菜ですませたし」

「いいじゃん。手ぇ抜きながらやらないと身がもたないよ。もえはもっと自分のこと考えな」

もえはコウをチラッと見て、小さくため息をついた。

それから、もえが再び育児ノイローゼになるまで、そう時間はかからなかった。うまくやっていると、思っていたのに。

けど、気がついたときにはこちらも同じで、私はもうコウを抱くことすらできなくなっていた。私ともえは誰よりもコウのことを考えていて、何よりも、コウと自分を拒絶していた。

この生活を続けていくのは、私のわがままに過ぎなかった。

私は電話の前で泣きすくむもえとコウの叫び声をおいて、携帯を手に外へ出た。

三人の生活が始まることになった原因は、一見もえと母の不仲にあった。でも本当はちがったのだ。その不仲をいいことに、私が二人をここへ来るように仕向けたのだ。コウの幸せを考えてのことだった。今思えばアホらしい。コウの幸せを願うどころか、私の本音は、ただ自分の罪を償いたくて、ただ母親になりたくて、子供を愛したかっただけ。叶えられなかった夢を疑似体験するために、私はコウを利用した。そんな邪《よこしま》な気持ちで、コウをうまく愛せるわけがなかった。

私は幸せな三人生活の中で、いつか、自分の役目は終わる、いつか、三人の本当の幸せのために、終わらせないといけない……その、いつかに怯えていた。

すべてをなくさないように、自分自身の幸せを探していたはずが、やっぱり私の幸せはここにあって、すでにそれが私のすべてだった。

待ち受け画面を見ながら歩いていたが、最終も行ってしまったバス停で立ち止まると、私は画面を消すようにダイヤルを押した。

ベンチに座って、コールを聞く。

「はい、河乃です」

「あ、お久しぶりです、河乃です」

「はい、えっ……」

「あははは、あさこだよ、お父さん」

「……おー！　なんだ、あさこかぁ。いや〜、仕事かと思ってびっくりしたぞ」

最後に話したのがいつだか思い出せないほど、久しぶりだった。父は忙しい人で、電話をすることにも、気を遣ってしまうくらいだった。

「どうした、珍しい」

「うん。……お父さん、もえに実家に帰るように話してくれないかな。勝手ばっかり言ってごめん。アサが馬鹿だったよ。本当ごめん」

「何かあったのか。お父さんもな、お母さんの愚痴聞きながらずっと気になってたんだけど、忙しくてな。あさこに電話しないとって思ってたんだ。どうした？」

父は、いつも冷静な人だった。

「忙しいのにごめんね。でも母に言ってもケンカになるだけだし、お父さんから話してもらったほうがさ、もえも素直になれて、効果あると思うの」

「ああ、お母さんも悪気はないんだけどなぁ」

「うん。母の気持ちもわかるよ。でも口悪すぎ。傷つくわ」

私はじっと座っておれず、立ち上がってバス停をうろうろとしながら、もえとコウの様子、生活の実態を話した。その内容は叱られてもおかしくはないものだったのに、父はやはり落ち着いていて、私に話を進めさせてくれた。

「……そうか。状況はわかったけど、それでいいのか」

「え？」

「もえとコウがいなくなったら、寂しいんじゃないか。あさこは大丈夫なのか」

「………」

ずっと待っていたけど、もう諦めていた言葉だった。それをくれたのは、いちばん離れていた存在のはずの父だった。このまま、父の優しさに倒れ込んでしまいたかったけど、最後の役目を終えるまでは、まだ崩れるわけにはいかなかった。

「そりゃ寂しいけど、そんなことでこれ以上、コウを苦しめるわけにはいかないでしょ」

いつ倒れるかわからない足だけど、それでもまだまだ、いくらでも頑張れる。でもそれは、私が頑張りたいと思っているだけの独りよがりで、コウの幸せへとはつながらないのだ。ここまで二人を引き止めてきたのも、この生活にしがみつかせてきたのも、今の状態をつくり上げてきたのも、きっとすべて私なのだ。

二人を手放す覚悟など、まだできていない。だってそれは、今の私にとってはすべてをなくすことを意味するから。でも私の心構えができるのを待っていては、いつになるか。というよりも、そんなことは所詮無理なのだ。だから、無理やりにでも手放すしかない、そう思った。

「三人で暮らす前は一人だったんだから大丈夫。すぐ慣れるよ」

「そうか？」

「うん」

「わかった。じゃあ、様子を見てもえには話するから、朝子も無理しすぎんようにな。そんなに強くないんだから。何かあったら、また電話してくるんだぞ」

「うん。サンキュ～。ではお願いしました」

さりげなくかけられた父の言葉は、大切にされることの心地好さを私に思い出させてくれた。それは私の中に小さな安心感を生み、残り少ない三人の時間を笑って過ごすための力になった。

8

いつもとそう変わらない朝だった。

もえとコウは寝ている。私は起きて五分で仕事に行く準備をする。

「もえ……」

「……んぁ……」

私は、もえとコウが寝ている布団の枕元に座った。もえは寝たままで返事をする。

「私、先に出るけど、本当に空港まで行ける？」

「ん……大丈夫」

「んじゃ、気をつけてね」

「あいよ」

もえはそのまま、手を上げた。私はコウの頭を軽く二回ぽんぽんっとして、家を出た。

今日から二週間、二人は父と母といっしょに母の田舎に行くことになった。その話が出たのは、一昨日のこと。そして私が知ったのは、昨日の夜。

もえはルンルンで田舎行きの準備をしていた。いっしょに行きたい、ずるいと思っている私に、もえはひたすら「いいだろ〜」と言っていた。コウは早くも南国用の服を着せられ、ひぃジィジとひぃバァバに初お披露目するためのスタイルを選んでいた。

南国を諦めた私は、解放される二週間の時間をどう過ごすかなど考え、もえとはちがうところでわくわくしていた。

初めの一週間は、それはそれは快適なものだった。もえから続々と送られてくるコウの写メールも笑えた。残りの一週間は、もえとコウが帰ってくるまでの日にちをカウントするようになった。コウの写メールがあまりにおかしくて、土産話を聞くのが待ちどおしくなったのだ。

そして当日。私は朝いちで、「今日は残業しません」と宣言した。仕事中は、真っ黒に日焼けしているであろうコウを想像して、一人含み笑いをしていた。土産には、きっと母に持たされたおかしなキーホルダーあたりが必ずあると予想した。家に帰ればまたうるさい二人がいる。三人で食べる今日の晩ご飯のことを考えた。

私は楽しみはとっておくほうで、家に帰るまで、もえに電話をしないでいた。だから、一人で浮かれて、家に帰って誰もいない部屋を見渡しても、まだ気づかなかった。

親とご飯でも食べているのかと思い、もえに電話をした。

「おかけになった電話は、電波の……」

私は何も疑うことなく、次は母に電話をかけた。しかし結果は同じで、父への電話もそうだった。さすがに事故にでもあったのかと不安がよぎったが、帰っている途中で電波が途切れているのだと思い、一応、ご飯を作って待つことにした。

しかし結局二人は帰ってこず、連絡が入ったのは翌日の仕事中だった。

「……はい?……え?」

「もえも自分の限界がわかったのよ」

「……って、また急な……」

私は、もえとコウを実家に帰すよう、確かに父に頼んだ。自分にその心構えがないこともわかっていた。でもそのときは、きちんと別れようと、きちんと見送って、コウを手放そうと、そう決めていた。

昨日、関空に着き、父と母は次の搭乗口のほうへ、もえはコウを連れバスターミナルのほうへと、一度は別れたらしい。でも、「お母さん」という声に振り向いた母の目の前には、さっきまで笑っていたはずのもえが、泣きながら、コウを抱いて駆けてきていた。

そんなドラマのワンシーンみたいな状況に、父と母は、これはいかん！ と思い、そのまま連れて帰ったそうだ。実家に着いてからも、もえと話をしていて、私に連絡するのを忘れていたとか。

「もおぉ～、事故ったのかと思って心配したのよっ」

「ごめんごめん。引っ越しは少し落ち着いてからと思ってるんだけど、あんた片付けておいてくれる？」


もえに彼氏ができたとき、やはり家族では埋められないものがあるのかと、役に立てない自分が空しかった。でもその彼氏ですら、もえの何かを完全に埋めることはできなかった。結局、何かを埋めるのは自分自身で、私ももえも、もっと成長していかないといけなかった。


数日が経ち、もえは暇になったのか、タイトル付きで写メールが届くようになった。どれもコウの成長を伝える写真で、『初めてのお絵かき』や、『歯磨きできるかな♪』など。私の待ち受け画面に映っているコウは、過去のものとなった。

田舎に帰って病気もせず、すくすくと育つコウを見て、私はすごく嬉しかった。でも、もうそれを見守れなくなった悲しみも同じくらいあった。私は忘れられてゆくのだと、コウの成長を一〇〇パーセントで喜んであげられない自分は、いつまでも未熟だった。

一人では広すぎる部屋と、長すぎる時間を満喫していたのは、いつも、二人が帰ってくるとわかっていたからだ。毎日少しずつ荷物をまとめるたびに、また少しずつ部屋は広くなっていって、そこには、あのときと同じ喪失感だけが残った。

なのに、親も、友人も、先輩も後輩もみんなが、「よかったね」と言う。何にもない私を見て、「よかったね」と。

私はちゃんとお別れができなかったかわりに、コウの服を一枚一枚たたんで、ダンボールに入れていった。それでもまだ思いを絶てず、おもちゃを整理した。ブロックの箱を開けると、なぜか中から託児所のお便り帳が出てきた。この箱はコウが自分のものだと認識しているもので、きっと、お便り帳にまずいことを書かれてここに隠したな、などと想像すると笑えた。

私は片付ける手を止め、そのノートを開いた。託児所に行かなくなって、まだ一カ月も経っていないのに、ずいぶんと昔のことのように思える。ノートは、二冊目のものだった。今年の一月から始まっている。

一日一日の、アルバムを見るようだった。

一月二十一日
お友達がコウくんにさわると、「あーーんっ」とにらみつけます。「コウちゃんこわいよー！」と、言われていました。

二月八日
プーさんの車のおもちゃをずぅーと壁におしあてて、「らー！　らー！」と何やらうなっていました。時折保母と目が合うと、「ふ～ん」と言いつつ、にっと笑うコウくんです。

三月十日
泣いているお友達がいると気になるようで、横目で見つつ、近くを何回も通ってみるコウくんです。「あんなんなんなん？」とか言いつつ、まるで、何泣いてるのー、うるさいなーっと言っているようです。

四月二十八日
ベッドの中には誰もいないのに、その前を行ったり来たりしていたコウくん。たけし君がいなかったので探していたのでしょうか？　でもお休みでした。
五月十日
仲良しのたけし君が、コウくんを追いかけてはぎゅっと抱きしめて、にんまりしています。他のお友達だと「あーんっ」と文句を言うのに、相手がたけし君だと、静かに抱きしめられているコウくんでした。

「あっ、もしもし。もえ？」

「うん。何」

「今ね、片付けてたらお便り帳出てきてさぁ、読み返してたら、もぉ～涙がポロリよ」

「はは、あそこの保母さんたち、面白かったよね～」

「そうそう。……あれ？　何か、後ろでコウしゃべってない？」

最後にこの部屋で聞いて以来のコウの声だった。

「そうよ！　この子、マミィもまだ言えないくせに、こっちに帰ってきてから、あしゃこ、あしゃこって言うの！　まったく……」

「え……」

もえが「あしゃこ」と言うので、コウの声は近づいてきて、私の耳にはっきりと入ってきた。

「あしゃこ〜？」

「コウ、コ〜ウ？」

「あしゃこぉ？」

「コ〜ウ〜！　そっかそっか、やっぱりあしゃこがいなくて寂しいかぁ」

「もうっ、絶対意味わかってないってば」

「あ〜、もえ、ヤキモチやかないのよ」

コウが、私をあさこだとわからずに言っていたとしても、それで充分だった。その声で、私を呼ぶ声が聞けて。

今になってやっとわかった。コウはコウだという当たり前のことが。誰のコウでもなくコウは唯一の存在で、私は本当にやっと、コウ自身をうまく愛せた気がした。そして、これからも。

あれほどにこだわっていたコウとの別れなど、必要がなかったのだ。だからあの日、何の別れもなく、二人は行ってしまったのだ。

たくさんの悔いは消えて、この世に起こるすべてのことに、意味があるようにさえ思えた。たとえそれが何か、わからないとしても。
ねぇ、コウ。私は、少しはあなたの役に立てたのかな。コウの中に、私はいたかな。

9

あの日と同じ、ぽかぽかとした日で、なつかしい空は遠い青だった。

私は、コウとよく散歩に来ていた公園のベンチで一人、日向ぼっこをしていた。

もえとコウがいなくなって半年近く。

そして私の中にあの子を閉じ込めて、もう四年。

そろそろ、この子を放してあげようと思った。

もし、本当に子供が親を選んでくるのなら、あの子が、私を愛してくれたのなら、そうしないといけない。愛する人が苦しむ姿を目にするほど、ましてやそれが自分のせいならなおさら、辛いことはないから。私はそれをコウから教わった。

「ねーねー、ママァ」

公園で遊んでいる、三歳くらいの男の子の声に気がついた。

「なぁに、友くん」

「あんねー、どうしてねー、お空は青いの？」

男の子は空を見上げ、腕をまっすぐ上に伸ばし、指をさした。お母さんは男の子の指さすほうを見て、少し考えてから男の子を見た。

「そうねぇ、きっと、友くんが青が好きだから、神様が青色にぬってくれたんだよ」

「えー！　そうなの？　すっげぇ！　やったぁ〜！」

二人は手をつないで、ぬくもりは、私の横を通り過ぎていった。

もし、私が愛されていたのなら、命に意味というものがあって、メッセージを持つのなら、たとえそうでなかったとしても、私はあの子に命そのものをもらっていた。生きるという道を、与えられていた。そしてそのぬくもりを、教えてもらっていた。

思えばあのとき、私は自己破壊を繰り返していた。

通り過ぎたはずのぬくもりが、体の奥からこみ上げてきた。

あの子は自分を犠牲にしてまで、私に命の愛しさを、自分を大切にしろと、伝えにきたのだ。

こみ上がるものを受け止めようと、私は顔を上げた。

そこには、触れることのできない、キレイな青の国が広がっていて、あの、大きくて深い青の中では、どんな痛みも溶けてしまいそうだった。

私の涙は、まだ、あたたかかった。

言い続けてきた「ごめん」という言葉は、いつの間にかなくなっていた。

そしてこんなにも、「ありがとう」と、誰かに伝えたいと願ったことはない。

まだ、私を見ていてくれるのなら、どうか、聴いてほしい。

翌年二月、旅先の友人から、一枚の写メールが届いた。タイトルは『福寿草』。土から太く短い茎を出し、鮮やかな黄色い大きな花を咲かせていた。

その生命力溢れる名前と姿に、心が動いた。

そして、携帯の待ち受け画面は、過去から未来へと変わった。

10

二〇〇四年六月

一通の手紙が届いた。

それは、誰も知ることのないストーリーの、結末だった。

コウの父親は、もう、とっくに、この世にはいなかったのだ。彼もまた、心弱い孤独な人だったのか。

もえの胸には悔いばかりが浮かび、母は、そんなもえをしっかりと支えていた。私は、コウの大切な人が、自分にとってもこれほどに大事な存在だったことに気づかされた。これまでに懐《いだ》いた、あらゆる怒りを後悔した。

人の記憶とは、悲しいものだ。

その人がいると思えば、まるで良かったことなど一つもなかったかのように、嫌だったことばかりが頭をめぐる。なのにその人を本当に失ったとたんに、最も幸せだったころの記憶ばかりがよみがえる。そして思う。

なぜ、会わなかったのか。なぜ、許さなかったのか。なぜ、ずっと愛していたと、言わなかったのか。

意地を張って、許せないでいること。許すには時間がかかって、いつか……と思うこと。

でも、この世に「いつか」ほど不確かなものはなくて、残された時間の量など誰も知らないのに、誰もが「いつか」と。時間はあるのだと、思っているのだろう。

私は、あなたを想いながら、言葉をつづった。

あまりにも悲しい物語に、例えばあなたが傷ついても、あなたが心を失くさないように。

あなたが生まれて、生きていることが、どれだけの人たちの世界を輝かせているか。あなたのおかげで、いくつもの暗い世界が、どんなにキラキラしたか。あなたに知ってほしい。

愛おしい想いを言葉で伝えるには限界がある。だからあとは、あなたの感じる力を信じている。何かにとらわれたりしないで、ありのままを見てほしい。

あなたが私と同じ、この空と大地の間に来てくれたことが、何よりも素晴らしいの。

だから、聴いてほしい。どうか、伝わりますように。

あなたへ
心から、ありがとう。

二〇〇四年八月三十一日

あとがき

物語を書いていると、面白いことがあるんです。それはいろんな人の気持ちがわかってくること。

特に小説は、言葉だけでほぼ全てを表現しますから、それをするために、私はまさに全身全霊を使いました。登場人物がどんなふうに動いているのかを知るために、このお話の一人劇をやりながら書いたといっても、過言ではないですね（笑）。

おかげで冬のシーンを書いているときなんて、現実は真夏なのに冬だと錯覚してホットドリンクを入れてしまったり、長袖を着ようとしたり……。

そんな具合なもんで、どんなヒドイ人物でも演じてみると、その人の言い表せない気持ちというのがひしひしと伝わってきたんです。だから、主人公一人の視点で物語を進めることに躊躇《ちゅうちょ》もしました。私にもっと力があれば、みんなのいろんな気持ちを伝えられるのになぁと悔やみました。だけど、この作品を中途半端に仕上げるわけにはいかない！　できないことがあるならできることに全力を注ぐぞ！　と、再び一人劇を始め書き続けました。

そうやって、いろいろな葛藤や力尽きることがあっても最後までやり通せたのは、沢山の感動のおかげでした。

自分の作品に不信感が出て途中書けなくなったとき、「早く続きが見たい！　ぐっときた！」と電話をくれた宮本さん。その言葉に私がぐっときましたよ。

煮詰まって何も浮かばなくなったときに「この歌がぴったりやねん！」と、物語のイメージソングをＭＤにとってくれたヤッちゃん。あの歌聴いて、私のヒラメキに磨きがかかったで！

いつも頑張りまくりで母の大きな愛を教えてくれた宮坂さん。宮坂さんの息子を思う気持ちは、この作品に大きく反映しています。

おかわり自由とはいえ、コーヒー一杯で何時間もねばって原稿を書いているとき、「大変そうですね」と、満面の笑みでコーヒーのおかわりとキャラメルマフィンをくれた店長の宇都宮さん。私、実はめっちゃめちゃお腹すいてたんです！　そして何よりも、私の渇いていた心が潤いました。

理解しがたい問題児の私をいつも見守っていてくれる家族。

この作品を世に出してくれた文芸社の皆様。

ここで紹介しきれないほどのみんな。

どれだけさりげない出来事でも、私にとってはどれも大きな力になりました。

そうやって、みんなのちょっとした気持ちが、沢山の人たちの力になって、みんながつながっているんだと思います。

これまで応援してくれた皆さん、この本を手にしてくれたあなた、本当に、本当に、本とおぉっに、ありがとうございました。


平成一五年（厚生労働省・人口動態統計から）

死亡数　一〇二万五〇〇〇人
死因　第一位　悪性新生物（ガン）　三〇万九〇〇〇人
第二位　心疾患　一六万三〇〇〇人
第三位　脳血管心疾患　一三万五〇〇〇人
死産数　三万五〇〇〇胎

出生数　　　　　　　　　　一〇二万一〇〇〇人

平成十五年度（母体保護統計報告から）

人工妊娠中絶件数　　　　　三一万九八三一件

（この数字は、一日に八七六件、一時間に三六・五件の中絶が行われていることを意味します）

実施率（平成一五年度）を見れば二〇歳前後の中絶が最も多く、一九歳では五〇人に一人に当たります。身体的にも精神的にも、一〇代の中絶は危険性が高いことをここで覚えてほしいと思います。

胎児を人・命と認め、中絶を死亡原因とすれば、現在はもちろん、過去を振り返ってもダントツで死因第一位となります。届出を出されていない命を考えれば、この数字は驚くほど増すことでしょう。

この現状に、あなたは何を思いますか？

この物語はフィクションであり、実在する個人・団体とは一切関係ありません

著者プロフィール

まうち えみ

愛媛県生まれ。
メールアドレス　nikonikozima@wine.ocn.ne.jp
ホームページアドレス　http://www16.ocn.ne.jp/~nzp-04/

願わくは青のもとにて

2005年4月15日　初版第1刷発行

著　者　まうち えみ
発行者　瓜谷 綱延
発行所　株式会社文芸社
〒160-0022　東京都新宿区新宿1－10－1
電話　03-5369-3060（編集）
03-5369-2299（販売）

印刷所　株式会社エーヴィスシステムズ

ISBN4-8355-8924-6